D+

dear+ novel

chiisana kimi no, ude ni dakarete ・・・・・・・・・・・・・・・・・

# 小さな君の、腕に抱かれて

菅野 彰

新書館ディアプラス文庫

# 小さな君の、腕に抱かれて

contents

illustration：木下けい子

# 小さな君の、
# 腕に抱かれて

Chiisana kimi no,

ude ni dakarete

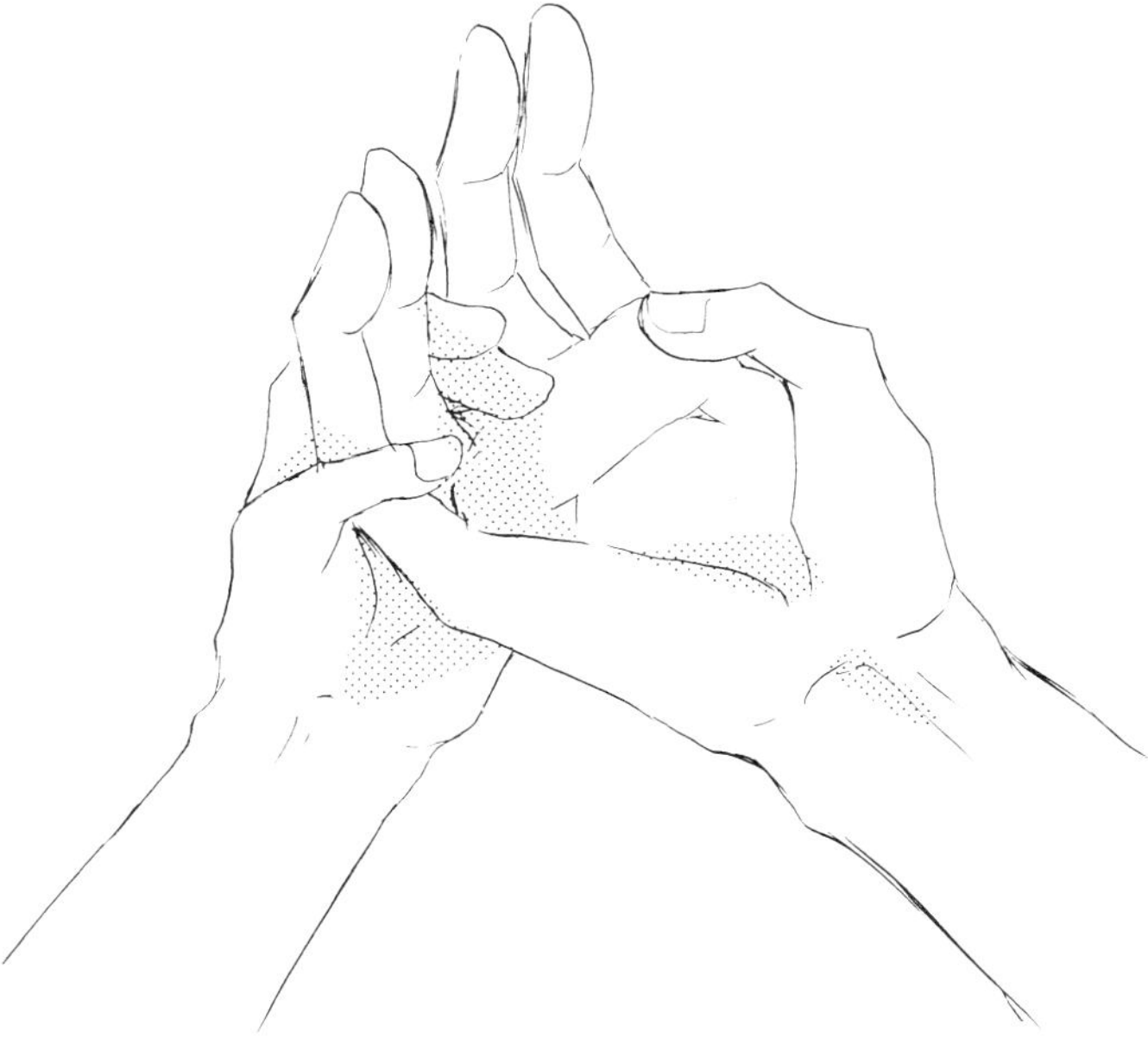

ねえ、子守歌歌ってよ。

変声期もとっくに終わった声で、不似合いな言葉を誰かに囁《ささや》かれた記憶にぼんやりとしながら、倉科奏一《くらしなそういち》は困り果てていた。

一人暮らしの、生活の全てが詰め込まれている八畳間のベッドで目覚めた奏一は、何故だか半裸だ。いや、全裸に近い。辛《かろ》うじて下着を穿《は》いている。きれいだが無駄だと陰口を叩かれているることを本人は知らずにいる顔には、少し伸びすぎた色の薄い髪が降りて、視界がぼやける。

珍しいことに、完全なる二日酔いだ。

だが奏一が困っているのは、そんなことではないのであった。

「あの……」

八畳間からほとんど続いている六畳の台所に、何故《なぜ》だか背の高い男が立って何かを作っている。

「どちら……さまですか？」

勇気を出して奏一は、それでも恐る恐る男に声を掛けた。

背は高いが、後ろ姿は若い。

「ああ、目が覚めました？　倉科さん」

振り返ると彼が、自分の知っている青年であることがわかって、赤の他人とどっちがマシだっただろうかと思いながら、奏一は取り敢《あ》えず頭を抱えて絶望した。

「味噌汁、欲しいかなと思って。材料あったから」

大人びて見えるが、自分より大分年下のはずのその黒髪の青年が、微笑《ほほえ》む。

「……そうだね」

二日酔いには確かに味噌汁だろうけれど、事態は味噌汁どころではないのだと、奏一は自分の貧相な裸をまじまじと見た。

「もう少しでできるから、ちょっと待ってください」

青年は素知らぬ様子で、味噌汁の味見をしている。

とにかく服を着なければと、奏一はそこら辺にある服を掻《か》き集めた。もう冬の入り口なのに、今さっきまで寒くなかったことを不思議に思うまでもなく、明らかに隣に青年が寝ていたのだろう隙間と感触がある。

下は紺のジャージ、上には白いセーターという格好に寝癖のまま、奏一は畳の上に置いているベッドから出た。

「味噌汁できましたよ」

低いけれどまだ若さを感じさせる声で青年が言って、味噌汁を二つ、ベッドの下の小さな飯台《はんだい》に運ぶ。

「素肌にセーター、大丈夫ですか？　ちくちくしない？」

呆然と畳に座った奏一を見て、青年は尋ねた。

思い切り奏一が、首を横に振る。

「目は、覚めました？」

できればこれが夢であって欲しいと願う奏一は、また大きく首を横に振った。

「いただきます」

青年が丁寧に手を合わせるのに、奏一もつい「いただきます」と、手を合わせる。

「俺、調理実習で作ったくらいで。本当は。しょっぱいかな、これ」

味噌汁を啜《すす》りながら青年は、首を傾げた。

奏一はもはや、味噌汁の味どころではない。

「あの」

ようよう、奏一は口を開いて、青年に声を発した。

「ちょっと気持ちを整理したいので、それ食べたら帰ってくれないかな……」

なんとか奏一が、青年にそう懇願《こんがん》する。まともに目を見ることもできない。

「そうですか？」

清潔そうなシャツを着込んでデニムを穿いている彼は、心外という様子もなく笑った。

「わかりました」

丁寧に、青年が味噌汁を飲み切る。

ものわかりよく立ち上がって、青年は自分で掛けたのだろう濃紺のコートを取った。コートを羽織って、ふと、青年が奏一に近づく。

大きな手で頬に触れられて、奏一はびくりと身を震わせた。

「じゃあ、また月曜日」

苦笑して青年が、奏一から手を引く。

「鍵、掛けた方がいいですよ」

玄関の方から青年の声が響いて、出て行ったのを確かめると奏一は鍵を掛けに走った。

「……何が、あった」

ほぼ全裸だった奏一に、恐ろしいことに昨夜の記憶はほとんどなかった。

都下にある大学の構内の、煉瓦《れんが》風の壁に包まれた大きな図書館が、奏一《そういち》の職場だった。

この大学で奏一は司書の資格を取り、真面目《まじめ》さを買われて大学に残る形で図書館の職員になった。そもそもこの大学に入学するのに事情があって二年かかったので、奏一は二十六歳だが仕事はまだ二年目だった。

文学部が有名な大学図書館の蔵書はかなり豊富で、職員の数も他大学よりは多い。

今日は奏一は受付ではなく、奥でデータの入力をしていた。

「倉科《くらしな》くん」

女性の多い職場で、同い年だが先輩の宮野由紀恵《みやのゆきえ》から声を掛けられて、奏一が手元から顔を上げる。

「いつもの彼、来てるわよ。幹本《みきもと》教授の教え子さん」

笑顔で由紀恵に言われて、奏一は息を飲んだ。

「……あ、はい」

女性ばかりのせいではなく奏一にはあまり社交性がなく、由紀恵はよく声を掛けてくれるが会話が続いたことはほとんどない。

曖昧《あいまい》な返事をして、それでもデータをセーブして奏一は席を立った。だいたいが今は、社交とかなんとか言ってる場合では全くない。

受付カウンターの前に、コートを羽織ったままの青年が立っていた。

それは土曜日の朝、素肌にセーターを着た奏一を残して部屋を去って行った、国文科一年生の志津祐貴《しづゆうき》だった。

「すみません、幹本先生がまた資料探して欲しいって」

何もなかったかのような顔をして、一年生にしては大分大人びて見える祐貴は、奏一に笑った。

「今度は、どんなご要望ですか？」

なんとか、奏一の声も出る。

「この国語学者の論文載ってる本、全部浚《さら》って来いって言われました」

達筆な字で紙に書かれた名前を、奏一は祐貴に見せられた。

「何度も言うようですけど、僕は就業中にこれをお手伝いするのは」

「でも俺一人じゃどう探したらいいのかもわからないし……幹本先生は図書館には申し入れ済みだって」

度々繰り返している会話をまた交わして、奏一が小さく溜息を吐く。

「ちょっと待ってて」

祐貴を待たせて、奏一はパソコンの前に戻った。名前を検索に掛けて、一覧を印刷する。

「すみません、幹本教授のご用で一時間程抜けます」

「またあ？　困ったものね、幹本教授にも」

カウンターの中に声を掛けた奏一に、誰かが大きく溜息を吐いた。職員が多いといっても、蔵書数の分仕事は絶えず、人手はいつでも足りない。いつもなら奏一は同僚と交流するでもなく、ただ黙々と働いている。

だが、教授がこんな風に職員を使うのも、別段珍しいことではなかった。

幹本教授は国語学の研究者で、研究論文の発表を間近に控えている。講義の傍ら進められている論文の資料集めは簡単なものではなく、そもそも学生が手に取れる棚にあるものではないので、奏一は祐貴を連れて地下倉庫に向かった。

「今日の講義、もう、終わったの？」

以前は気にならなかった沈黙がただ恐ろしくて、階段を降りながら奏一が尋ねる。

「夕方ですよ、今」

あくまでも朗《ほが》らかに、祐貴は答えた。

地下倉庫の鍵を開けて、蔵書の保存のために薄暗くしてある照明を、奏一が点《つ》ける。薄明かりの中で奏一が本を探して、祐貴のすることはもっぱらそれを受け取ることだ。

「……あの、さ。志津くん」

何も話し掛けてこない祐貴を、怖《お》ず怖《お》ずと奏一は呼んだ。

「なんですか？」

尋ね返す祐貴の声は、酷《ひど》く落ち着いている。

「君、一年生だよね」

今更なことを、奏一は尋ねた。

「ええ」

「ゼミ生でもないのに、どうして幹本教授の研究発表のお手伝いしてるの？」

今まで謎にも思わなかったことがもう一つ一つ全て不思議過ぎて、どうでもいいことから奏一が問う。

「ゼミ生は卒論と就活で忙しすぎるって、目ぇつけられちゃって。俺、こう見えても真面目な方なんです。クラスで」

「国文科だよね、志津くん。珍しいよね、男子学生」

いつもおっとりと喋《しゃべ》る奏一は、焦燥《しょうそう》から早口になった。

「まあ、ちょっと事情があって」

国文科を選んだ理由を、深く祐貴は語らない。

「そう……あの」

そこまで聞いたらここから先は恐ろしくて聞けなくなって、最後の一冊を手にとって奏一は言葉に詰まった。

ふと、祐貴が奏一の、顔を覗き込んでくる。

「そんなこと、聞きたいんじゃないでしょう？」

したり顔で祐貴は、奏一に笑い掛けた。

「金曜日の夜、何があったか聞きたいんじゃないんですか？」

思い切り奏一が、息を飲む。

金曜日の夜、研究論文に行き詰まったのだろう幹本が、手伝っている祐貴と奏一を慰労すると言い出して、初めて三人で食事をした。

何か閃《ひらめ》いたと突然幹本は金を置いて帰ってしまい、居酒屋で二人は飲み続けた。もっとも祐貴はまだ十八歳なので、ウーロン茶だ。

高いところにある小さなテレビが、ついていた。

思いがけず、奏一の知っている人物が、映った。

テレビから目を逸《そ》らしながら、特に会話もなく祐貴を前に呑んでいたら、奏一は全く珍しいことにしこたま酔った。

そこから、ほぼ全裸の土曜日の朝まで、奏一には全く記憶がない。

「俺」

学生の手前「僕」と直していた言葉も崩れて、奏一は戦慄《わなな》いた。

「君に、何か、したのかな」

震える声で、自分より少し目線の高い祐貴に奏一が尋ねる。

何かしていたらもうお終《しま》いだと、奏一は膝から崩れ落ちそうだった。相手は職場の学生、しかも十八歳だ。

問い掛けに祐貴が、少し堪《こら》えてから吹き出した。

「どっちかっていったら、逆だけど」

返された言葉に一瞬、奏一が安堵しかける。

「そう、それは良かった……って、え⁉　君、俺に何かしたの⁉」

しかし事態は何も変わっていないと気づかされて、奏一は声を裏返らせた。

「さあ」

曖昧《あいまい》というよりもわざと気を持たせるように、祐貴が口の端を上げる。

「ねえ、倉科さん」

軽く左腕で脇に本を抱えたまま、祐貴は狼狽《うろた》える奏一の後ろの本棚に、手をついて退路を塞いだ。

「どっちが手を出そうと、大学の司書と、学生が関係したことに変わりはないですよね？」

丁寧に、祐貴は奏一に、どういう事態なのかを言葉にして教える。

「……そうですね」

俯いて奏一は、ただ青ざめるしかなかった。

「今夜、行ってもいいですか？」

耳元に祐貴が、低く尋ねる。

低いけれど声に映る年齢が、奏一に酷い罪悪感を持たせた。

問われた言葉に、奏一は頷くしかできない。

祐貴の唇がゆっくりと、自分の唇に近づいているのが奏一にもわかった。きつく、堅く目を閉じる。

くすりと祐貴が笑うのが聞こえて、奏一は目を開いた。

「きれいな顔が台無し。そんなにいやですか？」

憎らしいことに酷く余裕を見せて、十八歳は微笑《ほほえ》んでいる。

「ここは……図書館だよ」

そう叱るのが二十六歳の、奏一には精一杯だった。

「仕事終わるの、待ってますね」

もう一度耳元で囁く声が、奏一の耳たぶに触る。

びくりと肌を震わせて、言葉もなく奏一は頷いた。


冷え込んできた中図書館の外で待っていた祐貴《ゆうき》と、奏一《そういち》は連れ立って大学近くのアパートに向かった。

夕飯を作って欲しいと言われて、途中のスーパーで買い物をする。

十八歳の男子は肉だろうかと生姜《しょうが》焼きの支度をして、祐貴に精をつけてどうするのだと、奏一は膳を並べてから倒れそうな気持ちになった。

「ごちそうさまです。すごくおいしかった。倉科《くらしな》さんちゃんと自炊してるんですね」

奏一の倍の速度で生姜焼きと白いごはんを食べ終えて、祐貴が両手を合わせる。

「志津《しづ》くんは、一人暮らし？」

食事中も祐貴は話し掛けて来ていたが、奏一はその内容にほとんど記憶がなく、ただ何かを言われては尋ね返すオウム返しの会話になっていた。

「そうです」

「食事どうしてるの？」

「昼は学食で、夜はバイト先の賄《まかな》いか弁当ですね」

「できれば自炊した方がいいよ……」

こんな平和な会話で済むのなら、しばらく夕飯を作ってやったっていいと、思うというより願いながら奏一も食事を終えて箸を置く。

「ごちそうさま」

習慣で奏一は、自分で作ったけれど手を合わせて呟いた。

「俺、後片付けします」

「いいよ、そんな」

「片づけますから、倉科さんはシャワー浴びて来てください」

椀を重ねて、なんでもないことのように祐貴が告げる。

「……あの」

「俺、後から使わせてくださいね。シャワー」

「ええと」

「それとも一緒に使いますか？」

真顔で尋ねられて奏一は、思い切り首を振った。着替えを掻《か》き集めて、脱衣所に駆け込む。

服を脱いで奏一は、頭からシャワーを浴びた。

「冷たっ」

焦り過ぎたせいで、湯が出ていない。

「……シャワー、浴びたら、俺、どうなってしまうのだろう……」

もう出て行くのが恐ろしくて、ひたすら奏一はシャワーを浴び続けた。

「……倉科さん？　大丈夫？　一緒に浴びたい？」

不意に、コンコンと、磨《す》りガラスのドアが叩かれる。

「いいえ！　今出ます今!!」

祐貴の声に跳び退《すさ》って、仕方なく奏一はシャワーを止めた。体を拭いて、スウェットを着込む。

部屋の入り口に立つと、祐貴は奏一が普段ほとんど見ることのないテレビをつけていた。

「あ、勝手にごめんなさい」

「いいけど……」

ふとテレビを見ると、この間も居酒屋で映っていた人物がまた出ていて、奏一が顔を背ける。

「ごめん、チャンネル変えるか消すかしてもらっていいかな」

流されるままだった奏一が、強い口調で言うのに祐貴は、驚いたように振り返ってもう一度テレビを見た。

「そういえば倉科さん、この間も居酒屋でテレビ消してとか変えてとか言い出してから急にピッチ早くなって」

大きく映っている男を、まじまじと祐貴が眺める。

「知り合いなの？」

「その話はしたくない」

「昔の男？」

当然のようにそんなことを聞かれて、奏一は噎《む》せながら自分でテレビを消した。

「そんなわけないだろ。俺男だよ？」

「倉科さん、男好きするから」

苦々しく言った奏一に、祐貴が肩を竦《すく》める。

「自覚しておいた方がいいよ。今こんな有り様だし」

俯いている奏一に、祐貴は苦笑した。

「シャワー、お借りします」

行儀良く言って祐貴が、着替えを持って浴室に行く。

「着替え、持って来たんだ……」

「倉科さん、俺より少し小さいから借りられないかなと思って」

高いところから祐貴は、笑って言った。

程なく、祐貴がシャワーを使う音が聞こえて、奏一は床にへたり込んだ。

昔の男と祐貴に問われたさっきの人物のことなど、今は考えている場合ではない。

「覚えてないけど、何、されたんだろ俺……こ、これからもしかして、同じことを」

震える奏一の耳に、祐貴が何か歌うのが聞こえた。

無意識に耳を塞ごうとして奏一はふっと、その歌を聞いてしまった。覚えのある調べは、子どもが学校で歌うような唱歌だ。

ぼんやりと歌を反芻《はんすう》していると祐貴が、髪を拭いながら浴室から出て来た。

無言で、祐貴がベッドの上掛けを捲《まく》り上げる。

手を引かれて、がちがちに固まりながら奏一はベッドに座った。

隣に座った祐貴が、まだ濡れている奏一の髪を肩に掛かっていたタオルで拭う。気が済むまで拭うと祐貴は、そのタオルを畳んで飯台に置いた。

頬を撫でられ、奏一が肌を震わせる。

その様を観て祐貴は、また、吹き出した。

「ものすごく、嫌そう」

笑いながら祐貴はベッドに入り、奏一を胸に抱く。

ベッドの中で八つも年下の男に抱きしめられるという有り様に、奏一はいくら弱味を握られたとはいえ、どうにかならないものかと戦慄いた。

奏一の耳元に、祐貴の唇が、寄る。

「し、志津くん……っ、ちょと待って!! やっぱ良くないと思う! 君は学生俺は司書!!」

必死に抵抗しようとした奏一を、深く、祐貴は抱いた。

「ねえ、子守歌歌って」

もう一度耳元に唇を寄せて、祐貴が奏一に乞う。

「歌って」

二度言われて奏一は、その声に聞き覚えがあることに気づいた。

確かにこの声で、金曜日の夜、囁かれた。同じ言葉を。

待っている祐貴に、奏一がなんとか口を開く。

「……歌わない」

答えると、抱いていた体を離して、祐貴は奏一の顔を不思議そうに見た。

「どうして?」

戯《ざ》れ言《ごと》を言われたのだと奏一は思ったので、理由を問われて戸惑《とまど》う。

「歌は、歌わないんだ」

訳は語らず、ただそれだけを奏一は告げた。

「なんでもいいよ、歌ってよ」

何故なのか祐貴が、歌をせがむ。

もしかしたら歌えば、それで今日は許してもらえるのかもしれないと、奏一は口を開いた。

さっき、祐貴がバスルームで歌っていた、懐かしい唱歌を歌おうかと試みる。

「……っ……」

けれど喉が詰まったようになって、奏一は噎《む》せた。

「大丈夫?」

丸めた奏一の背を、祐貴が摩《さす》る。

「歌いたくないんだ。勘弁して」

声を落として言った奏一を、祐貴は不思議そうに見ていた。

やがて、少し切なそうに小さく笑う。

「じゃあ、手をつないで」

胸に奏一を抱いたまま祐貴は、左手で奏一の右手を摑んだ。指に指を絡めて、奏一の額にやさしいキスをする。

「おやすみなさい」

びくりと奏一は身を震わせたが、それ以上何をするでもなく、祐貴は目を閉じて眠ってしまった。

「おやすみ……なさい」

ずっとびくびくしていたのに、祐貴が自分にキスをしたのさえ、これが初めてだと奏一が気づく。

しかも額に、子どもにするようなキスだ。

いくら口外されたら困るのは自分だとはいえ、もっと全力で拒絶しなくていいのだろうかと、奏一は溜息を吐いた。

優柔不断で、流されがちな性格のせいで過去に大きな痛い目を人に見せたことがあるのに、なかなかその性根は治らない。

さっきテレビで見た男の残像が、奏一の中で揺れた。苦い思いが返りそうになって、首を振る。

もし祐貴が自分のことを好きなのだとしたら、そんな気はないと言ってやらなければならないはずだ。

できない自分が不甲斐《ふがい》なくて、溜息が出る。

手を取られて抱かれて揺り動かすこともできず、祐貴の高い体温に眠気を呼ばれて、奏一もいつの間にか眠りに墜ちていた。

弱味を握った形になった祐貴《ゆうき》は、度々奏一《そういち》の部屋に寄るようになった。

夕飯だけ食べて帰ったり、たまに泊まって、奏一を抱いて眠って行くこともあった。抱くと言ってもいつも、「子守歌歌って」とせがんでは、歌ってもらえないとあきらめると、手をつないで眠った。

その度に奏一は祐貴の真意をはかりかねて、拒絶しようにも告白されたわけでもないと困惑を深めるばかりだ。

段々と奏一には祐貴が、ただのおかしな十八歳に思えていた。

「……あの子、同級生に友達いるのかな。教授の手伝いなんかさせられてるけど」

「倉科《くらしな》くん、うちの本が間違って学生課に届いたらしいの。取りに行ってもらっていい？」

図書館のカウンター内で、ぼんやりとパソコンを前に独りごちた奏一に、女性職員から声を掛けられる。

「はい、行ってきます」

男性の司書は少ないのでこういうとき奏一は重宝がられる立場のはずなのだが、何故《なぜ》だか女性職員たちは皆すまなさそうな顔で両手を合わせた。

「……俺、そんなに貧弱かな」

いかにも軟弱な自分の腕を眺めて、軽く落ち込みながら奏一が図書館を出る。奏一が誰ともあまり親しくないというのも、申し訳なく思われる理由なのかもしれない。

大学の真ん中にある学生課に挨拶《あいさつ》をして、奏一は間違えて配達された段ボール箱を抱えた。本が詰まっているので軽くはないが、さすがに奏一も本の重みには慣れている。

学生課を出たところで、校舎の方から祐貴が歩いてくるのが見えた。背が高いだけでなく、精悍《せいかん》な印象もする祐貴はモテるのかもしれないと奏一が思ったのは、何もその見た目のせいではない。

傍らに祐貴が、きれいな女生徒を連れていたからだ。

「倉科さん」

避けて通ろうとした奏一をすぐに見つけて、祐貴は大きく手を挙げた。

「……どうも」

友達がいるのかなどと一瞬でも心配した自分が馬鹿だったと、奏一が仕方なく祐貴と女生徒に頭を下げる。

「重そうですね、持ちますよ」

奏一の抱えている段ボールを、祐貴は断りもなく軽々と抱えた。

「いいよ、自分で持てるから」

「丁度、今図書館に行くところだったんです。また、幹本《みきもと》先生からのご用で」

首を振った奏一に、祐貴が女生徒を無視して歩き出す。

「ねえ、だからあたしつきあうってば。その資料取りに行くの」

祐貴の腕に絡まるようにして、彼女は言った。

「今日暇だし」

努めて軽い声を聞かせているが、彼女が必死なのがなんとなく奏一にもわかる。

「俺が頼まれたことだから。大丈夫だよ」

摑まれた腕を払って、祐貴は構わず図書館に向かった。

少し泣きそうな顔をしている女生徒に、謝るように頭を下げて、奏一が祐貴の後を追う。

「いいの？」

咎《とが》めて、奏一は祐貴に訊いた。

「何がですか？」

酷《ひど》く冷淡な横顔で、祐貴が尋ね返す。

「だって、あの子……志津《しづ》くんのこと」

好きなように見えたとまで言っては出過ぎたことだろうかと、祐貴は言葉に惑《まど》って続けられなかった。

「変に気を持たせるのは嫌ですから。彼女にも不親切でしょ、そんなの」

図書館の中に入って祐貴が、奏一がこっちにと頼んだいつもの地下倉庫に、段ボールを置く。

「それに、俺には倉科さんがいるし」

大きく伸びをして祐貴は、ふと奏一を振り返ると笑った。

「……俺が、いるんだ。そう」

結局あれ以来額にキス以上のことはしてこない祐貴が、自分にどういう感情を抱いているのかを摑み切れずにいた奏一が、肩を落とす。

きれいな同級生のことを、祐貴がただ冷たく扱っている訳ではないことも知れて、複雑な気持ちにもなった。

きっぱりとした態度を取れる祐貴は、奏一の目にも敬うべき者に映る。

過去に、それと相反することをした自分を、否応なく奏一は思い出していた。全く成長のない自分だけれど、せめて祐貴にはっきりと自分にその気はないことを言えないだろうかと、彼を見る。

まっすぐな曇りのない瞳を向けられて、奏一はただ罪悪感に苛《さいな》まれた。学生とのっぴきならない関係になっていることと、彼をちゃんと拒めずにいることとの。

「幹本教授の今日のご要望は何？」

落ちて行く気持ちをどうにか取り直そうと、奏一は祐貴に尋ねた。

「それが」

珍しく少し困った顔をして、祐貴がコートのポケットからメモを取り出す。

「この人のところに行って、本、借りて来いって。話はつけてあるからって言われました」

今までとは違った用向きに、奏一も首を傾げてメモを覗き込む。

「……鎌倉？」

都下にあるこの大学から、鎌倉までは軽く二時間を要した。

「いつまで？」

幹本の人物像は奏一もわかっていて、恐る恐る尋ねる。

「どうしても、今日中にって……本が届くまで先生は大学から帰らないそうです」

「そんな無茶苦茶な！」

毎日シフトが違ったが、今日はどうしても五時までは、奏一は図書館を出るわけには行かなかった。

「学生だけじゃ心配だって先方がおっしゃるんで、司書をつけるって先生言ったらしいんです。でも、もし無理だったら先生にもう一度話してきますよ」

真摯《しんし》に言われて、奏一は少し驚いた。

こんな風に奏一を困らせるのは、祐貴はまるで本意ではないらしい。

不本意そうな、すまなさそうな祐貴の顔を見ていたら、奏一は彼が悪い訳でもないのにと、そんな気持ちになった。

「五時に、俺仕事上がるから。そこから行くよ」

「俺も行きます。先生から二人分の交通費預かってますし」

「そんなにたいした量じゃないから」

「俺も一緒に行かせてください」

強く言われて、奏一が根負けして苦笑する。

何故、彼はそんなまっすぐなまなざしを自分に向けるのだろうと、ただ、奏一は不思議だ。

「じゃあ、五時に」

無意識に笑って、奏一が祐貴を校舎に帰す。

他者と区別して自分を見る祐貴の目を、奏一はどうしてだか嫌だと感じていないことに初めて気づいた。


電車は順調に、鎌倉に着いた。

しかし住所を辿《たど》って歩くと、本の持ち主の佐川《さがわ》の家は高台にあって、奏一《そういち》と祐貴《ゆうき》は急勾配《きゅうこうばい》の坂を登るのにさすがに息も絶え絶えになった。

「……幹本《みきもと》くんは、一緒じゃないのかね」

やっと辿り着いた大きな日本家屋の玄関に立った痩せた老人は、奏一と祐貴の顔を見て露骨にがっかりした顔をした。

「教授が伺うというお話でしたか……?」

ここまで来てまさか話が違うのかと、奏一が青ざめる。

「いや、違うんだ。論文で忙しいことは知っていたんだが、良かったら幹本くんも鎌倉に来ないかと私が戯《ざ》れ言《こと》を言ってね。学生だけじゃ心配などと言ったのは、そしたら彼が来るかと思って」

ちらと、佐川は家屋の方を振り返った。

「お茶なんぞ用意していたんだよ」

期待はずれに、佐川が苦笑する。

困って、奏一は祐貴と顔を見合わせた。

「どちらが幹本くんの教え子なのかな?」

話を変えるように鷹揚《おうよう》な口調で、佐川が尋ねる。

「自分がそうです。国文科の、志津《しづ》といいます」

問いに祐貴が、丁寧に答える。

「僕は、大学の司書をさせていただいています。倉科《くらしな》と申します。今日はご無理を聞いていただいて」

「いや、堅苦しい挨拶《あいさつ》はいいんだ」

名刺を出そうとした奏一に、佐川は手を振った。

「そうか。現職だと、若い人達に囲まれて楽しそうだね」

羨ましそうに、佐川が笑う。

「……退官、なさったんですか？」

まだ大学で教えていてもおかしくない佐川のしっかりした様子に、遠慮がちに、奏一は尋ねた。

「一昨年《おととし》、妻が病んでね。看るつもりが、あっけなく逝ってしまって」

語られるまでもなく、家の中には老人の他に人の気配がしない。

そして幹本が来るのを待っていたという佐川が、玄関口で自分たちを引き留めているような気が、奏一はしてならなかった。

時計を見ては失礼だと、それでもちらと祐貴を見る。

「あの」

躊躇《ためら》いながら奏一は、佐川に向き直った。

「この坂を昇るのに、喉《のど》が渇いてしまって」

本当は本を受け取ってすぐに戻らないと、幹本も待っているし、終電も危うい。

「もし良かったらそのお茶、僕いただいて行ってもいいですか？」

けれど、茶を用意していたという老人をこのまま一人にできなくて、気づくと奏一は願い出ていた。

「それは是非《ぜひ》。上がってください」

酷《ひど》く嬉しそうに、佐川の顔が綻《ほころ》ぶ。

先に佐川が中に入って行くのに、奏一は祐貴を振り返った。

「ごめん、勝手に。志津くんは先に帰ってて。終電間に合うかわかんないから」

勝手に決めたことを済まなく思って、奏一がそっと祐貴に耳打ちする。

首を振って、祐貴は何故《なぜ》だか大きく笑った。

「俺も喉、渇きました」

佐川と同じように嬉しそうにしている祐貴を不思議に思いながら、曖昧《あいまい》に笑んで奏一は靴を脱いだ。

「……俺、いつか幹本《みきもと》教授を仕留めてしまうかもしれない」

へとへとでアパートに帰り着いて、祐貴《ゆうき》とともに畳に倒れ込んで奏一《そういち》は、思わずぼやいた。

「倉科《くらしな》さんがそんなこと言うと思わなかった」

横で倒れながら、祐貴もコートを脱ぐ気力がない。

終電ギリギリで大学に戻り、警備員に無理を言って幹本の部屋を尋ねると、「いきづまった故、一杯呑んでくる」という書き置きが、鍵の閉められた教授室のドアに貼り付けられていた。

「一杯呑めるなら、鎌倉行けば良かったのに」

「返しには先生に行ってもらいましょう……それにしても、倉科さんが残るって言ったの驚きましたよ」

それを言われて、祐貴を巻き込んだことをすまなく思って奏一が起き上がる。

「本当にごめん」

「放って置けなかったんですか？」

そんな言い方をされて、奏一は黙り込んだ。

不思議に祐貴は、少しも苦を見せずに笑っている。

「穏やかな、いい方だったし。俺たちが遠方から来たことわかってて、最後は電車の時間気にしてくれたよ」

「そうですね」

「幹本教授とは大違いだ」

毒づかずにはいられず、奏一は幹本に話を戻した。

「研究者って、ああいう人、本当に多いんだ。変わってるっていうか、周りのことなんか見てないっていうか。今日の先生の方が珍しいタイプだよ」

二年の間に様々な教授の無理を聞いてきた奏一も、幹本の貼り紙には疲れ果てた。

「でも幹本先生の講義、おもしろいですよ。口語的国語学の追究」

仰向けになって祐貴が、笑う。

「なにそれ」

「文字に残ってる言葉と、実際に多くの人が話してる言葉はまるで違って、交わされる言葉こそが国語なのに記録に残っていないって」

「へえ」

「そうだなあって思って、真面目に聞いてたら俺はすっかり使い走りになりました」

首を傾けて奏一を見て、祐貴は苦笑した。

「だから国語史学、らしいですよ。昔庶民の間で話されてた言葉を、探してるんです。雲を掴むみたいで、楽しいなと思いますけど」

「そうだな……知らなかったよ、おもしろい人なんだな。幹本教授」

「目茶苦茶な人ですけどね。俺、ゼミは先生のゼミを希望するつもりです」

苦労をなんでもないことのように言う祐貴を、無意識に、奏一が見つめてしまう。

「今よりもっと酷《ひど》い目に遭《あ》うのに？」

「俺、楽しんでますから。資料集めに図書館に行けば、倉科さんに会えるし」

目を合わせて微笑《ほほえ》まれて、奏一はいたたまれない気持ちになった。

「久しぶりに行ったな、あっち」

「鎌倉ですか？」

話を変えた奏一に、祐貴が付き合う。

「神奈川。昔、ちょっと住んでて……」

世間話のように言い掛けて、奏一の気持ちが沈み込む。

「俺もです。あんな、立派な高級住宅地とは掛け離れてましたけど」

「本当にすごい邸宅だった。蔵書も立派で、幹本教授も持ってない本を持ってるような人だってことだろ？　佐川先生」

自分で振ってしまった昔話から遠ざけながら、はたとあることに奏一は気づいた。

「……でも、そしたら今日お借りした本、ものすごく貴重なんじゃないの？」

自分達の足元にある古風な風呂敷に包まれた本を、奏一が振り返る。

「なくしたら取り返しつかないでしょうね」

肩を竦《すく》めて、祐貴は涼しい顔だ。

「鍵、閉めてくる。もう疲れた、寝よう」

「倉科さんなんにも食べてないんじゃないんですか？　もしかしたら昼から」

立ち上がりふらふらと玄関の鍵を掛けに行こうとした奏一に、祐貴が尋ねる。

「そうだけど、もういいよ」

「駄目ですよ。ただでさえ倉科さん華奢《きゃしゃ》なのに」

畳から立って祐貴は自分が鍵を掛けて、台所に立った。

「あるもの、使っていいですか？」

「いいけど、志津くん自炊しないんじゃなかったっけ？」

尋ねると祐貴が、目につくところにあった味噌味のインスタントラーメンを手に取る。

「卵、ありますか？」

「うん」

「使わせてください」

小鍋に、祐貴は二人分の湯を沸かした。そこによく洗った卵を殻《から》ごと二つ、入れる。

「……あ」

覗き込んで奏一は、祐貴が何をしようとしているのかわかった。

「卵の殻で、出汁《だし》を取るんです」

麺を茹でながら、途中で祐貴が器用に卵を取り出して、割り入れ直す。粉末のスープを丼に出して、祐貴はそれを麺を茹でた湯で溶いて、最後に麺と卵を流し入れた。

「懐かしい、俺、これ学生の頃よく作ったよ！」

「絶対、美味《おい》しいから」

二つの丼を祐貴が持って、飯台に運ぶ。

箸を摑んで奏一も、畳に座った。

「いただきます」

「いただきます」

二人同時に手を合わせて思わず笑って、冷ましながらラーメンを啜《すす》る。

「うまっ」

「お腹空《なかす》いてたの、思い出しました?」

声を上げた奏一に、祐貴は笑いかけた。

「思い出したし、体もあったまるよ。ありがとう」

「良かった」

嬉しそうに笑って、祐貴もラーメンを食べる。

腹が人心地ついて、ふと、何か懐かしい感覚がすることに、奏一は気づいた。

ずっと昔から一緒にいるように、いつの間にか祐貴といることが、居心地《いごこち》が良くなってしまっている。

気のせいだろうかと、奏一は祐貴の横顔を見つめた。

どうしようもない既視感が、湧き上がる。それは酷《ひど》く穏やかな気持ちで、奏一は祐貴を知っている気がしてならない。

「泊まって行っても、いいですか?」

ラーメンを食べ終えて、両手を合わせて「ごちそうさま」をしてから、改まって祐貴は奏一に訊いた。

まっすぐに自分を向いた祐貴の大人びた顔を、奏一が見つめる。

「いいけど、歌わないよ。子守歌」

それだけ、奏一がはっきりと告げると、少し寂しそうに祐貴は笑った。


残務を片づけて少し早いシフトだった奏一《そういち》は、まだ開放されている閲覧《えつらん》ルームを眺めた。

もうかなり寒いから外で待たないように言い聞かせた祐貴《ゆうき》が、おとなしく本を読んでいる。

すぐに奏一の気配に気づいて、祐貴は本を閉じて席を立った。

少し先を歩いている奏一に、祐貴が追いついてくる。

「今日は鍋でいい？」

尋ねた奏一に、祐貴は困ったような顔をして立ち止まった。

「それが、ちょっと」

「……何か、用事？」

来ないのかと、少し落胆している自分に奏一は気づかない。

「いえ、さっき幹本《みきもと》先生からメール来て」

「教授、メールなんかするの?」

「古きも新しきも先生は訪ねますよ。それで、多分もうすぐここに来るかと」

「なんで?」

尋ねながら奏一と祐貴が図書館を出るのと同時に、教授棟の方から幹本がやって来た。大分年の行った小柄な老人なのに、小走りだ。

「倉科《くらしな》くん! 倉科くん!!」

「……教授」

勢いよく手を振られて奏一は、どういう反応を見せたらいいのかさっぱりわからない。

「この間は資料を取りに行ってくれてありがとう! 一杯奢《おご》らせてくれ」

二人の所に追いついて、息も切らせずに幹本は朗らかに言った。

「教授……それなら佐川《さがわ》先生のところに行かれたら」

「若い者の顔を見たら、あいつの辛気《しんき》くささも少しは抜けると思ったんだ。本を返しに行くときにハッパ掛けてやる。とにかく今日は呑もう!」

「すみません、もう僕はお酒は懲《こ》り懲《ご》りで……」

裸で目覚めて以来一切口にしていない酒を思って、奏一が俯く。

「いきづまってるんだ！　大事な研究発表まで後二月もないのにっ、このままじゃどうなることか!!」

「じゃあ呑んでる場合じゃないじゃないですか」

支離滅裂《しりめつれつ》な幹本に、奏一は溜息を吐いた。

「そう言わずに、先生の息抜きにつきあいましょうよ」

隣で祐貴が、小声で進言する。

「大丈夫ですよ。飲み過ぎないように、俺が見張りますから」

耳打ちされて奏一は、肩を竦《すく》めた。

「もともとそんなに強くないんだ、俺」

「さあ、四の五の言わずに行くぞ！」

躊躇《ためら》う奏一に構わず、矍鑠《かくしゃく》とした足で幹本が歩き出す。

そういえばこの間も同じ勢いで呑みに連れて行かれたのだと思い出して、奏一は観念して幹本の後ろを歩いた。

ここが幹本《みきもと》の行きつけなのか、前回奏一《そういち》が記憶を無くした居酒屋の入り口を、幹本は開けた。

高いところに置いてあるテレビが地上波の番組を流す、大衆的な居酒屋だ。何しろ外には、赤提灯《あかちょうちん》が掛かっている。

「いらっしゃいませー。あら、先生いらっしゃい！」

景気よく女将《おかみ》が、幹本に笑った。

「ああ！　この間のおにいさん!!」

そして奏一に気づいて女将が、高い声を上げる。

「この間はごめんねえ。洋服に上から下までサワー掛けちゃって!!」

突然真っ直ぐ声を向けられ、戦《おのの》いて祐貴《ゆうき》の後ろに隠れそうになった奏一に遠慮なく近寄って、

「でもあんたも悪いのよ？　酔っぱらってふらふらしてるから。そっちの彼が連れて帰ってくれるって言うから任せちゃったけど、洋服大丈夫だった？　クリーニング代払うわよ。あのとき気がつかなくてごめんね」

女将は気安く肩を叩いた。

威勢のいい女将に言われて、ぼんやりと奏一にも、冷たい思いをした記憶が蘇る。

氷の入ったサワーを、そうだ、確かに自分は盛大に浴びた。大丈夫ですかと、祐貴がおしぼりで拭いてくれたが、どうにもならないくらいびしょびしょになった。

芋づる式にその後のことも、朧気《おぼろげ》に思い出される。

「そんなに酔ったのかね、倉科《くらしな》くん。私が帰るときはあんまり呑んでなかったじゃないかあ」

もっと呑んで欲しかったというように幹本が拗《す》ねた声を聞かせても、今の奏一には耳に入ら

なかった。

「ええと」

眉を寄せて奏一は、黙っている祐貴を見上げた。

少し子どもっぽい顔をして、祐貴は笑っている。

それは、完全に嘘がばれた子どもの顔だった。


また幹本《みきもと》の閃《ひらめ》きが訪れて、奏一《そういち》と祐貴《ゆうき》は残らずに一緒に店を出た。

「またよろしく頼むよ！　忙《せわ》しなくてすまん!!」

元気に手を振って幹本は、大学の方に戻って行く。

無言で、奏一と祐貴は暖簾《のれん》の前に立っていた。一番賑《にぎ》わう時間の居酒屋の喧噪《けんそう》が、磨りガラスの入った扉越しによく聞こえる。

「……騙《だま》したな？」

精一杯祐貴を睨《にら》んで、奏一は言った。

「何がですか？　ちゃんと脱がせた倉科さんの服を風呂場で洗って、肌についてたなんか甘くてべたべたしたの、拭いてあげたんですよ。俺」

明後日の方を向いて祐貴は、奏一の怒りなど何処《どこ》吹く風だ。

「それで俺裸だったのに、てっきり志津くんと何かあったのかって……もういつ淫行《いんこう》で捕まるか不安で不安で‼」

堪《こら》えられず奏一が、祐貴に摑みかかる。

「俺もう十八ですよ。何かあっても大丈夫ですって」

声を荒らげた奏一に、まあまあと祐貴が両の掌《てのひら》を見せた。

「大学の司書と、一年生だぞ⁉　捕まらなくてもクビに決まってるだろそんなの‼」

「はは、ビビらせてごめん」

具体的な奏一の心配事に、呑気に祐貴は笑っている。

「でも、一緒にいて、楽しくなかったですか？」

不意に、真顔になって祐貴は、穏やかな声を奏一に聞かせた。

「俺、楽しかったけど」

告げられて奏一も、ここしばらくの祐貴との日々を思い返す。引っかき回されたけれど、職場の人とさえ打ち解けずただ静かに暮らしていた奏一の時間に、祐貴は確かに、笑顔をもたらしてくれた。

それに、祐貴には何か拒《こば》めない懐かしさを、奏一はどうしても感じてしまう。

「ねえ、倉科《くらしな》さん。今日、行ってもいい？」

乞《こ》うて、祐貴は言った。

「駄目だ」

当然、奏一は首を横に振る。

「なんで？」

意味がわからないというように問われて、奏一は最早ただ意地になって首を振った。

「やだよ」

もう祐貴を恐れる気持ちも拒む気持ちも、本当は有りはしないのに。

「……もしかして、俺に脅されたから無理矢理一緒にいたの？」

不意に、子どものような声を、祐貴が聞かせた。

驚いて奏一が見ると、祐貴は酷《ひど》く悲しそうな目をして奏一を見ている。

抱きしめられて眠ったり、額にキスをされたり、思えば随分揶揄《からか》われたのに、奏一は何故《なぜ》だか祐貴に腹が立たなかった。

「他の学生には絶対に言うなよ。司書の家に泊まったなんて」

むしろそんなまなざしを向けられて、祐貴がかわいらしく思えてしまう。

不思議な存在になった祐貴とこれきり縁がなくなってしまうのは、今の奏一には寂しいことに思えた。

飯台を壁に立てかけ、実家の親のために用意してある客用の布団《ふとん》を押し入れから出して、奏《そう》一《いち》は畳に敷いた。

「どうして俺ここなんですかー？」

そこに寝ろと言われた祐貴《ゆうき》が横たわりながらも、不満そうに手を挙げる。

「逆になんで今までこの狭いベッドで一緒に寝てたんだよ！」

灯りを常夜灯に落として、奏一は構わずベッドに入った。

「なんとなく」

笑って、祐貴はそれでも布団でおとなしくしている。

「ねえ、子守歌歌って」

いつもの台詞《セリフ》を、祐貴は奏一に聞かせた。

「子どもかよ」

いつものように奏一は、歌わず、相手にもしない。

「子どもじゃありません」

やけにはっきりと、祐貴は言った。

「歌ってよ」

それでも祐貴はまた、奏一に懇願《こんがん》する。

もう何も答えられずに、奏一は頭まで上掛けを被った。

「しょうがないなあ」

仕方なさそうに、祐貴が溜息を吐く。

そのまま寝てしまうのかと思った祐貴が、前にシャワーを浴びながら歌った歌を、不意に、口ずさんだ。

ぼんやりと、奏一はその歌を聞いた。本当は奏一は、歌なんか聞くのも嫌だ。この部屋には音楽が掛かるものは、テレビ以外何も置いていない。

なのに何故《なぜ》だか、祐貴の歌声は心地よかった。

小さな子どもが歌うような、唱歌だ。今はもう歌われもしないのかもしれない。

あした浜辺を、さまよえば。昔のことぞ、しのばるる。

夢に誘われるように、奏一が祐貴の歌うその節を聞く。

それは奏一が昔、一番好きだった歌だった。


勤めている大学とは違う、十八歳のときに一年足らず通っていた大学の一年生の時、奏一《そういち》は横浜の外れの狭いアパートに住んでいた。

海が近くて、時々潮が匂った。

アパートの住人とは挨拶《あいさつ》さえしないこともあり、梅雨《つゆ》近くに隣に母と息子が引っ越して来たけれど、お互い会うこともあまりなかった。

夜、母親を大きなワゴンが迎えに来るのを奏一は何度か見ていて、彼女が水商売をしていることはわかった。

ならば一緒に住んでいるはずの小さな男の子はどうしているのだろうと、奏一は気が回らなかった。その頃の奏一は、自分の心の負荷《ふか》のことで、精一杯でいた。

それでも隣で男の子が一人で夜留守番をしていることを思い出したのは、ある晩、大きな物音とともに悲鳴が聞こえたからだ。

さすがに放ってはおけず、奏一は隣の部屋のインターフォンを押した。

「こんばんは、隣の倉科《くらしな》です。大丈夫ですか？」

ドア越しに人の気配がしたので、奏一は思い切って声を掛けてドアを叩いた。

「よかったら開けてもらえませんか」

随分間を置いてから、外開きのドアが開いた。

そこにはたまに見かける、小学校高学年になっているかいないかの、男の子が立っていた。

「こんばんは、倉科です。今、ちょっと聞こえたから。大丈夫かと思って。何かあった？」

唇を噛み締めて、歯を食いしばって、少年は何も言わない。

中を覗くと音はそれだったのか、小鍋がひっくり返って中身が床にぶちまけられていた。

「鍋、ひっくり返しちゃったのか。大丈夫？　火傷《やけど》とかしてない？」

慌てて、奏一は屈んで少年を上から下まで見た。

大きく、少年が首を横に振る。

「良かった。ねえ、片付けさせて？　まだ熱いかもしれないし、心配だから。お願い」

奏一が懇願《こんがん》すると、無言のまま少年は部屋の中に奏一を招き入れた。

「何か割れたりはしてないんだね。ああ、インスタントラーメン作ろうとしたのか。ちょっと雑巾《ぞうきん》とかビニール袋とか、使うね？」

小さな台所だが子どもにはガス台が高かったのだろう。茹で上がった麺と湯が床に広がっていて、奏一は懸命にそれを片づけた。

「お腹空《なかす》いたんだ？　あ、まだあるねインスタントラーメン。俺、作るよ。台所借りてもいい？」

何も言わずただ少年は、黙り込んでいる。

「作るね？　卵、あったら入れようね。殻《から》から出汁《だし》取るとおいしいんだよ。待ってて」

一人暮らしを始めて半年も経たない奏一も、料理などほとんどできなかったが、ラーメンにそうやって卵を入れるやり方は実家で兄から教わっていた。

程なくラーメンはできあがり、布団が畳んである六畳間の飯台に、奏一はそれを置いた。

「食べて、って。君んちのラーメンだけど」

笑った奏一の前に座って、けれどなかなか少年はラーメンに手をつけない。

「冷めちゃうよ」

もう一度奏一が声を掛けると、怖《お》ず怖《お》ずと少年は箸を取ってラーメンを啜《すす》りだした。

二口、少年がそれを食べるのを奏一は見ていた。けれどそこで少年の手が止まってしまう。

「……どうした？　おいしくない？」

尋ねると少年は、肩を震わせた。

「……っ……」

しゃくり上げて、少年は泣き始めた。余程心細かったのだろう、少年は声を上げて泣いた。

「泣かないで……ううん、泣いていいよ。泣いていいけど、あったかいうちに食べな？」

隣に行って、奏一は少年の頭を撫でた。

泣いて、ラーメンを食べながら少年は、語り始めた。

父親が亡くなってこの手狭なアパートに母と越さなければならず、母は夜仕事に出て行くこと。いつもは食事を置いて行ってくれるのだけれど今日は金を置いて行かれたので、自分でなんとかしようとしたこと。そういう日が、増えていること。

泣きながら喋って食べ終えた少年を、奏一はどうしようもなくて、胸に抱いた。

泣き疲れて少年は、眠ってしまいそうだった。

「待って、今お布団《ふとん》敷いてあげるから。布団で寝な？」

食器を片づけて奏一は、慌てて布団を敷いた。

「おにいちゃん、帰らないで」

寝かしつけようとした奏一のシャツの裾を、少年は摑んだ。

「寝るまでいてあげたいけど、鍵掛けないと危ないよ」

「鍵ならある」

少年は学校の鞄から母親に与えられているのだろう鍵を、取り出した。

「……じゃあ、この鍵を掛けてドアの新聞受けに入れて帰るから、朝忘れずに取れるかな？」

尋ねると少年は、大きく頷いた。

布団に入った少年の隣に横たわって、乞われるままに奏一は手をつないだ。

「引っ越して来たころ」

眠そうな声で、少年が言う。

「よく、歌が聞こえた。歌ってたの、おにいちゃんだよね」

「あ、ごめん。うるさかったよね」

「ううん。でも、最近歌わないね。ねえ、何か歌って？」

求められて、少し、奏一は躊躇《ためら》った。

けれど黒い瞳が真っ直ぐに自分を見るのに、小さな声で、歌を聞かせる。

奏一が歌い終えるまで、少年はおとなしく聞いていた。

「なんていう歌？」

「『浜辺の歌』だよ。学校で習わなかった？」

尋ねると少年は、考え込んで首を傾《かし》げた。

「その歌、好きだ」

わからなかったのだろうけれど、少年は笑った。

「おにいちゃんの歌、好きだ。おにいちゃん、名前なんていうの？」

「奏一だよ。倉科奏一」

「どんな字？」

問いを重ねられて、奏一は少年が自分が帰ってしまうことを恐れているのだと、気づいた。

「奏《かな》でるって字だよ。好きなんだ、この名前」

「奏でる？」

不思議そうにした少年の掌に、奏一は指で字を書いた。

「奏でる」

「そしたら俺、かなちゃんって呼んでいい？」

「女の子みたいだよ、それじゃあ」

突然少年がそんなことを言い出すのに、困って奏一は苦笑した。

「だって好きなんでしょう？　かなでる。だから、かなちゃん」

「……はい。そうだ、君の名前は？　なんていうの？」

尋ねた奏一に酷く嬉しそうに笑って、少年は「ゆうき」と、答えてくれた。

ねえかなちゃん、また歌って？　また来てくれる？

変声期前の少年の声が、何度も奏一《そういち》の耳を撫でる。

酷《ひど》くあたたかいと思ったら、いつの間にか奏一は、ベッドで祐貴《ゆうき》に抱かれて眠っていた。

朝日に目を開けると、祐貴はもう目覚めて奏一の寝顔を見ていたようだった。

酷く懐かしい夢を見た奏一は、容易に現《うつつ》に戻れはしない。目の前のもう大人のような顔をした祐貴に、小さな少年が重なって見える。

十八歳の夏、奏一は少年に歌って寝かしつけては、鍵を新聞受けに入れて隣に帰った。

「……祐貴くん⁉」

少し縮尺の違う少年の顔と祐貴の顔がぴったりと重なって、奏一はやっとそのことに気づいて大きな声を上げた。

「あ、気づいちゃった」

苦笑して祐貴が、飛び起きた奏一に付き合って起き上がる。

「本当に祐貴くん⁉　全然、わかんなかったよ。すっかり大きくなって大人になっちゃって……ああでも、顔が」

よく見たら一緒だと、奏一は今まで気づかなかった自分の間抜けさに呆れ返った。

「かなちゃんは全然変わらないね」

右膝を立てて祐貴が、奏一の顔を見て笑う。

その顔は紛れもなく、八年前の夏に奏一が、歌って寝かしつけていた少年と同じものだった。

「どうしてたの？　急に引っ越しちゃって。心配してたんだよ」

夏の終わりに、突然少年はアパートから越して行ってしまった。タイミング悪く奏一が実家の用で三日ほど留守にした折のことで、一人で寝かせていることを気にしていた少年の元を訪ねたら、隣は空き部屋になっていた。

「お母さんが再婚したんだ。新しいお父さんいい人で、俺もこうやって大学行かせてもらってるし。お母さんも家に居られるようになったよ」

いなくなった理由を、祐貴が簡潔に語る。

「そうか、だから名字が違うんだ。高橋《たかはし》さんだったよね」

ポストに書かれていた名字は奏一も覚えていて、祐貴の名字が変わったこともあって、自分がなかなか気づけなかったのだと知った。

「かなちゃんこそ、どうしたの？」

不意に、咎《とが》めるように祐貴が奏一を見つめる。

「俺、手紙何度も書いたんだ。返事がないから、一度お小遣い貯めて、横浜のあのアパート行ったんだよ」

思いも掛けないことを教えられて、奏一は言葉に詰まった。

「でもかなちゃんいなかった。あのとき大学一年生だったよね？　もう、それきり見つけられなくて」

「……あの大学は、辞めたんだ。ごめん」

子どもの足できっと遠くから会いに来てくれたことをすまなく思って、奏一が頭を下げる。

溜息を吐いて、祐貴は奏一のことを見つめていた。

「それって歌わなくなっちゃったことと関係ある？」

やがて、慎重な声で祐貴が、奏一に問う。

「小学校の先生になるって、言ってたよね。ずっと子どもに歌うような歌を、一緒に歌ってたいって」

確かに奏一が語って聞かせたことを、祐貴はしっかりと覚えていた。

その頃奏一は教育学部にいて、小学校の先生になることは奏一の夢だった。祐貴に聞かせたような歌を、子ども達と歌いたかった。

「かなちゃんがずっと歌ってるなら、俺はずっとそれを聞いてるねって、約束したの覚えてる？」

何処《どこ》か、祐貴らしくない細い声で、問いが渡される。

覚えていると言ってやりたいけれど、奏一は声が出なかった。

「どうしてとか……何も聞かない方が良さそうな顔だね」

続きをあきらめて祐貴が、話を終えるように笑う。

それに安堵《あんど》して、奏一は大きな息を吐いた。

「でもすごい偶然だね」

落ちかけた気持ちを切り替えて、奏一が再会を喜ぶ。

「俺が勤めてる大学に、祐貴くんが入学してくるなんて。いつ気づいた？　俺全然わかんなかったよ。だって本当に大きくなっちゃって」

こんなだったのにと、奏一は掌《てのひら》で八年前の祐貴の頭の位置を示した。

すっかり子どもに向けたようになった奏一の声に、祐貴が溜息を吐く。

「……もう少し、後で気づいて欲しかったんだけど」

立てた膝に肘を掛けて、祐貴は頬杖《ほおづえ》をついて俯いた。

「偶然だと思うんだ？　かなちゃんは」

意味がわからずに首を傾けている奏一を、ちらと、祐貴が振り返る。

仕方なさそうに笑って、祐貴はベッドを出るとシャツとデニムに着替えた。

「今日は帰るね」

「……祐貴くん、朝ご飯は？」

「いい」

せっかくの再会をそんなに喜んで見せるでもなく、祐貴が軽く手を振って玄関に向かう。

不意に、置き去りにされて奏一は、祐貴が出て行く音を呆然として聞いていた。


用がなくても図書館に来ていた祐貴《ゆうき》が、顔を出さなくなって久しい。

大学は広く、奏一《そういち》はそんなに図書館を出ないので、そうなると同じ敷地の中にいても祐貴に会うことはなくなった。

「……せっかく、思い出したのに」

何か機嫌を損ねることをしただろうかと、図書館のカウンターの中で奏一が溜息を吐いていると、由紀恵《ゆきえ》が重そうな箱を自力で運ぼうとしているのが目に入った。

「宮野《みやの》さん、俺運びますよ」

「いいわよ、いつも悪いわ。倉科《くらしな》くんばっかり」

「一応、男手ですから」

由紀恵の気遣《きづか》いに苦笑して、その箱を奏一が受け取る。

「ねえ、今日カラオケ行かない？」

ふと、別口からそんな声が二人に掛かった。

困って、箱を持ったまま奏一が曖昧《あいまい》に笑う。

「私行きます。……倉科くんはカラオケは行かないのよね？」

取りなしてくれるように、由紀恵は小声で言った。

「よかったら、今度呑みに行かない？」

近くで見るときれいな目をして見える由紀恵に、奏一が惑《まど》う。

「……それ、俺持ちましょうか？」

そこに、本当に久しぶりの声が、奏一に掛けられた。

「あ、祐貴くん」

覚えず奏一が、八年前の呼び方で祐貴を呼んでしまう。

「祐貴くん？」

訝しげに由紀恵に言われて、手を振ると奏一は、歩き出した祐貴を追った。

「待って、地下倉庫鍵ないと開かないよ」

ありがとうと告げながら、奏一が祐貴の隣を歩く。

「どうしたんだよ、顔見せないで。風邪でも引いてた？」

「ちょっと、考えごとしてて」

何故《なぜ》だか少し不機嫌そうな横顔で、祐貴は呟いた。

「何気に、かなちゃんモテてるんだね」

「何処《どこ》が？」

階段を降りながら色恋のことを言われて、奏一は遠い日の少年とそんな話をするのは、とても不思議な気持ちになった。

「あの女の人、かなちゃんがカラオケ行かないってちゃんと認識してる。それ結構大事なことだってわかってる」

鍵を奏一が開けるのを待ちながら、由紀恵のことを祐貴が口にする。

「本当に歌わなくなっちゃったんだね」

惜しむ声を、祐貴は聞かせた。

「……うん」

頷くほかなくて奏一が、「ここに置いて」と、場所を示す。

懐かしい空気にすぐに上に戻る気にはなれなくて、書庫の本棚を背に、奏一は立ったまま祐貴を改めて見た。

あの少年と似ているけれど、祐貴に遠い夏の頼りない面影を、見つけることは難しい。短い間に何度も環境が変わって、否応なく大人になってしまったのかもしれない。

「祐貴くんは、いつ俺に気づいたの？」

比べて自分は、見た目ではなく中身が、あの頃から進歩していないと、奏一は溜息を吐いた。

「かなちゃんは」

ふと、祐貴の左手が、奏一の顔の横につく。右手は奏一の、髪を抱いた。

「なんで偶然だと思うの？」

何故こんな体勢になっているのだろうと戸惑《とまど》いながら、問い返すように奏一が首を傾《かし》げる。

「探したんだよ、俺」

祐貴の口からは、割と驚くべき言葉が投げられた。

「あ……ありがとう。ありがとう？」

礼を言ってからそれで合っているのかと、奏一が自分に問い掛ける。

「それにしてもよく見つかったね」

十八の時とは大学も住処《すみか》もまるで違うのに探して見つかるものなのかと、奏一は俄《にわか》には祐貴のいうことを飲み込めなかった。

「なかなか見つからなかった」

そうであろうという言葉が、祐貴から聞かされる。

「でも俺、フルネーム漢字で覚えてたから。探偵に探してもらおうと思って、バイトして金貯めて。毎日毎日、ネットで倉科奏一で検索もしてて」

だが続けられた言葉は、そうかと頷けるものではなかった。

「う、うん。え？　なんで？」

それでもうっかり頷いてしまいそうになりながら、ハッとして奏一が顔を上げる。

「毎日検索してたらある日、この大学の学内広報みたいなの検索に引っ掛かって」

「ああ……なんか新米職員として、紹介されたときかな？　二年ぐらい前？」

「そう。それで学校見学に確かめに来たら、間違いなくかなちゃんで。そっからすごい勉強した。ここ入るの大変だったよ。国文の方が図書館と近いかと思って、選択も変えたし」

「見学のときに……声掛けてくれたら良かったのに」

どうしてそんな回り道をしたのかさっぱりわからず、奏一は笑おうとしたが笑えなかった。

「制服の高校生なんか、相手にできないだろ？」

額を寄せて、祐貴が尋ねる。

「そんなこと。俺、祐貴くんが小学生のときだって、ちゃんと」

「そういう意味じゃなくて」

首を振ろうとした奏一に、祐貴は溜息を吐いた。

「中二のとき、女の子に告白されて、初めてつきあって」

「ああ、モテそうだよね。祐貴くん」

話が何処《どこ》に転がるのかわからずに、奏一がただ頷く。

「毎日、なんでこの子かなちゃんじゃないんだろうって思って」

「……あの」

だいたい方向性は見えてきたが、もちろん奏一には信じがたかった。

「キスして、なんでこの子かなちゃんじゃないんだろうって思って。すぐ別れて」

もう奏一は、まともに声が出なかった。

「高一のとき、クラスの子となんとなくつきあって」

「ああ、良かった」

ホッとしたままに奏一の口から、そんな言葉が零《こぼ》れてしまう。

「彼女の部屋で、なんかそういうことになって」

「うん、そういう年頃かな。ちょっと早いぞコラ」

「なんでこの子かなちゃんじゃないんだろうって思って。すぐ別れて」

叱ろうとした奏一の精一杯の戯《おど》けを、祐貴はすぐさま搔《か》き消した。

「さ……最低だな」

前半部分の言葉は無理矢理無視して、奏一が祐貴を咎める。

「彼女には本当に悪いことした。まさに最低のやり捨て男の烙印《らくいん》押されて、その後は全然モテなかったよ。まあ」

触れるほど額が寄るけれど、本棚を背にしたまま奏一は、祐貴に両手で逃げ道を塞がれていた。

「俺はずっとかなちゃん探してたから、モテなかったことなんかどうでもいいんだけどさ」

「……そう」

注がれた言葉をなんとか噛み砕いた奏一の唇に、祐貴の唇が寄る。

ふっと、十歳だったはずの祐貴の、頼りなく自分に縋《すが》る手が、奏一には思い出された。

「ごめん無理！」

男だからとか、祐貴がどうとかではなく、幼い祐貴が奏一にその行いを遮らせる。

髪を抱いていた手を、祐貴はあっさりと解いた。

「何もしないよ」

寂しそうに、奏一に笑う。

「俺、かなちゃん裸にした日。最初の晩も、なんにもしてないよ。キスもしてない」

本棚についていた手も、祐貴は下ろした。

「だって、まだ言ってなかったからさ」

不意に、祐貴がまっすぐに、奏一を見つめる。

「ずっと、あなたが好きでした」

なんの濁《にご》りもない瞳と言葉を向けられて、奏一はただ立ち尽くした。

答えない奏一に無理に笑って、祐貴が右手を上げて、止める。

奏一の髪を撫でようとした掌《てのひら》を握りしめると、祐貴は頭を下げて書庫を去って行った。

告白を聞いてから、奏一《そういち》はただぼんやりしていた。

混乱もしていた。

まず相手が男だということに悩まなければならないかもしれないが、それよりも奏一を悩ませるのは、相手が八年前に自分が寝かしつけていた十歳の少年だったということだ。

「……こんなことになるなんて、俺が悪かったのかな。なんかしたかな、子どもに」

カウンター受付に座って、つい、独りごちる。

祐貴《ゆうき》がその少年であることに全く気づけなかったけれど、奏一は祐貴との日々を鮮明に覚えていた。

胸に抱いて歌ってやったのは、いたいけな少年だったはずだ。

「どうしたの？　浮かない顔して」

人の流れが途切れたカウンターに、由紀恵《ゆきえ》がふと現れた。

「ちょっと、色々ありまして」

「へえ、倉科くんが自分のことちょっとでも話すなんて珍しい」

まともに答えてしまった奏一に、由紀恵が目を大きくする。

「話してませんよ」

「話聞くよ。呑みに行かない？　今日」

気軽に誘われて奏一が顔を上げると、あれ以来顔を見せなかった祐貴が、丁度カウンターの近くに立っていた。

今の言葉は、明らかに祐貴の耳に届いた。

短い間だったけれど、奏一は祐貴と閉鎖的な時間を過ごしすぎたのかもしれない。それが答えではないことを、祐貴に教えた方がいいのだろうかと、奏一が惑《まど》う。

「行きます」

祐貴を見ることができないまま、奏一は由紀恵に答えた。

「何処《どこ》行こうか？」

笑った由紀恵の声を聞いて、祐貴が立ち去るのが奏一に知れる。

胸が痛んだけれど祐貴に応えるわけにはいかないと、奏一は振り返らなかった。

「倉科《くらしな》くん、あたし同い年なのになんで敬語なの？」

大学近くの、女性が好みそうなバルを由紀恵《ゆきえ》に決めてもらって、奏一《そういち》は彼女と向き合って食事をしていた。

「だって、二年先輩ですから」

食べ慣れない料理はおいしいけれど、ふと、卵の殻《から》で出汁《だし》を取ったインスタントラーメンが恋しくなる。

「そう」

もうほとんど食事も終わろうとしていたけれど、あまり話も弾まなかった。

何があったのか何度か由紀恵には聞かれたが、もちろん奏一は祐貴《ゆうき》の話をするつもりは最初からない。

「……あたし、今日倉科くんに、つきあってって言おうと思ったんだけど」

酒を断って飲んでいたミネラルウォーターに、奏一は噎《む》せて咳《せ》き込んだ。

「そんなに動揺しないでよ。あたしが倉科くんに気があることぐらい、わかってたでしょう？」

少し咎《とが》めて、それでも由紀恵は笑ってくれる。

ようやく、奏一は祐貴に由紀恵のことを言われたのを思い出した。自分は職場で本当にさえない存在だし、由紀恵は面倒見がいいだけでそんなことはないと、奏一は勝手に思い込んでいたのだ。

「やーめた」

二人で食事などと気を持たせる真似《まね》をして本当に悪かったと謝ろうとした奏一に、由紀恵が大きく体を伸ばす。

「なにそれ」

戯《おど》けた由紀恵の様子に、一瞬真面目に考えたのにと、奏一は思わず尋ね返した。

「揶揄《からか》ってるんじゃないの。倉科くんの顔、あたしすごく好きで」

「……顔？」

テーブルに肘をついて由紀恵が、頬杖をついて身を乗り出す。

「まあ、そういう好きもありじゃない？　地味だけどきれいだなあって、あ、地味なのは顔じゃなくて存在がね」

自覚のあることをはっきり言われて、さりげなく奏一は少しだけ傷ついた。

「まあ、目をつけてたわけなんだけど、最近なんかすごくいいなと思ってたの」

「それは、どうも」

これは一体どういう告白なのかと、摑みきれずに取り敢《あ》えず奏一が頭を下げる。

「でもそれって、あの幹本《みきもと》教授のお使いの子が来てるとき効果だったみたい。倉科くん、笑ったり怒ったりしてて楽しそうで」

「そんなこと……」

不意に、祐貴のことを言われて奏一は、言葉に窮した。

改めて語られると祐貴との時間は、由紀恵の言う通り、奏一には希有《けう》なときだった。

八年前も、今も。

「じゃあ倉科くん、あたしとつきあう?」

否定しようとした奏一に、由紀恵が困ったように笑う。

「……あの」

彼女にも不親切でしょ、そんなの。

いつか祐貴が言っていた言葉が、奏一の耳に触った。そもそも自分は由紀恵の誘いを断るべきだったのだと、酷《ひど》く落ち込む。

「ごめんなさい!」

謝ることしかできなくて、奏一は思い切り頭を下げた。

「そんな勢いで謝られると却って傷つくー」

声を立てて、由紀恵が大きく笑ってくれる。

「いいのいいの、顔が好みだっただけだから」

手を振った由紀恵は、けれど奏一にもわかるくらいに、少し切なそうに見えた。

「宮野《みやの》さん」

素敵な女性に目をかけてもらったのだと、それを奏一がありがたく思う。

「いい人できたら、教えてください」

できることは由紀恵の幸せを、願うことだけだったけれど。

「……倉科くんて」

頬杖《ほおづえ》を深めて、由紀恵は溜息を吐いた。

「顔きれいなのに、それじゃ女にモテないわけだよ」

仕方なさそうに言われて、奏一も笑う。

今日の食事の中で初めて楽しさを知って、さっき言われた楽しそうだったという意味が、やっと、奏一にもよくわかった。

二つ向こうの駅に住んでいるという由紀恵を改札まで送り届けて、「二度と誘わないね」と笑顔で言われて、奏一《そういち》はアパートへの道を苦笑しながら辿った。

アパートに近づくと、外灯の下に、人影が見える。

それが祐貴《ゆうき》だということは、近づかなくても、奏一にはわかった。

歩み寄っても祐貴は、コートのポケットに手を入れて、俯いたまま奏一を見ない。

「ごめん、こんなストーカーみたいな真似して。気持ち悪いよね」

らしくない心細い声を聞かせて、祐貴は謝った。

「でも、あの女の人とつきあいはじめちゃったらどうしようかって、俺」

「フラれたよ」

まだ足元を見ている祐貴に、奏一が笑う。

「顔だけ好きだって」

気を持たせるようなことを、祐貴に言っている自覚はあった。けれど罪悪感は、奏一を責めない。

「寒かっただろ。ラーメン、食べてく?」

今、奏一は祐貴と居たかった。それは偽《いつわ》りのない気持ちだ。

小さく頷いた祐貴を連れて、奏一が部屋の鍵を開ける。

「座ってて」

二人分のコートを掛けて、奏一は台所で小鍋に湯を沸かした。よく洗った卵を、殻《から》ごと二つ入れて、固い麵を入れる。それきり麵は掻き混ぜない。三分経ったら、丁度いい具合になっている。

今日は塩味の粉末スープを茹で汁で溶いて、奏一は祐貴と自分のインスタントラーメンを仕上げた。

「かなちゃん、なんか食べて来たんじゃないの?」

飯台に運ぶと、畳に座っていた祐貴が不思議そうに尋ねる。

「うん。きっといいオリーブオイルが掛かってるみたいな、そういうの食べてたらこれ食べたくなった」

「はは」

箸を置いて真顔で言った奏一に、やっと祐貴は笑った。

「いただきます」

「いただきます」

二人して手を合わせて、奏一がやっと気がつく。

「もしかして、いただきますとごちそうさまのときに手を合わせるのって」

「そう。かなちゃんの癖、俺の癖にもなっちゃった」

下を向いて祐貴は、ラーメンを啜《すす》った。

冷めないうちにと、奏一も麺を口に運ぶ。

「これ作ってもらったときに、なんで気づかなかったんだろ」

思えばそこら中に、祐貴があの夏の少年だというヒントは転がっていたのに、すぐに思い出してやれなかったことを奏一は悔やんだ。

痩せぎすの少年は、祐貴にとってただ、愛しい存在だった。

食べ終えてまた、二人で手を合わせる。食器を片づけた祐貴が、まだ少し拗《す》ねていることに、奏一は気づいた。

告白の返事を、しなければならないのかもしれない。

「お母さんみたいなもんだよ」

自分の気持ちもまたそうであったことを、奏一は祐貴に教えた。

「祐貴くんも、俺のことお母さんみたいに、思って。それで忘れられなかったんだよ」

「俺は母親に欲情するような変態じゃないよ」

言い聞かせると、酷《ひど》く不満そうに祐貴が言葉を返す。

「だからいやだったんだ、告白する前に気づかれるの」

右膝を抱えて祐貴は、そっぽを向いてしまった。

「欲情……はは、欲情されてんのか俺」

もしかしたら最近の自分はかつてなくモテているのかもしれないが、あまり尋常なモテ方ではないと、奏一が溜息を吐く。

「泊まっていい？」

横を見たまま、祐貴は自棄《やけ》気味に言った。

「いいわけないだろ」

欲情していると聞かされて、どうしてそれが聞けるのかと奏一が肩を竦《すく》める。

「俺、絶対にかなちゃんが嫌がることしないよ。だって、かなちゃんには本当に、すごくすごくやさしくしてもらった」

もう自分より背丈のある祐貴が、どうしても奏一には小さな子どもに見えた。

「俺、祐貴くんといると楽しそうだって、言われた。今日」

八年前のように祐貴とつきあえないだろうかと、奏一が願う。

「笑ったり、怒ったり」

現に、ついこの間まで、自分達はそんな風に過ごしていた。

「言われてみたらすごく、久しぶりだって気づいたよ。誰かと過ごして、こんなに楽しいの」

だから奏一は今の思いを、祐貴に打ち明けた。

堪《こら》えきれないというように、祐貴が奏一を振り返る。

「どうしよう、かなちゃん」

眉を寄せて、祐貴は奏一を見つめた。

「俺、なんかしそう。帰る」

立ち上がろうとした祐貴の手を、奏一が思わず摑んで止める。

「今までしなかったんだから、大丈夫だろ？」

どうしてもまともには受けとめられず、奏一は笑ってしまった。

「泊まっていきな。もっと、祐貴くんと話したいよ。あの頃のこととか」

なんでもないことのように言った奏一を、不意に、祐貴が睨《にら》む。

「全然、俺のこと相手にしてないの？　すごい酷いこと言ってるよ」

勢い、祐貴は奏一の両肩を摑んだ。

「俺、もう大人の男なんだよ。かなちゃんのこと好きな、ただの男なんだよ」

強く、奏一が祐貴に抱きしめられる。

そんなにも強い力で、祐貴に抱きしめられるのも初めてだ。

十歳の頃とは違う体温が、確かにもう祐貴が子どもではないと教える。

「……放して？　祐貴くん」

それでも奏一は、子どもに言い聞かせるように言ってしまった。

祐貴がもう男だということを知らされて、余計にそれを打ち消したくて、そんな言い方をした。

「……っ……」

唇を噛んで、祐貴が奏一を無理に放す。

立ち上がりコートを摑んで祐貴が駆け出して行くのを、奏一には止めることができなかった。


あした浜辺をさまよえば、昔のことぞしのばるる。

奏一《そういち》が一番好きだった歌を、祐貴《ゆうき》は好きになってくれた。夕飯が用意されなかったときには奏一がラーメンを作ってやって、祐貴に歌って、眠らせた。

「俺、そんなにちっちゃい子じゃないよ。かなちゃん」

夏物の薄い上掛けの上から、祐貴の肩を無意識にあやすように掌《てのひら》で軽く叩きながら歌う奏一に、時々祐貴は笑ったけれど、やめてと言うことはなかった。

「どうしてかなちゃん、その歌好きなの？」

うつらうつらしだすと、祐貴はよく奏一に質問した。

眠ったら帰ってしまうのを引き留めているのが、奏一にもわかった。

「理由なんか、ないよ。きれいな歌じゃない？　ちょっと悲しくて」

「かなちゃんみたいだね」

眠そうな目で奏一を見て、祐貴は言った。

「俺？」

「きれいで、ちょっと悲しい」

「なにそれ」

不思議なことを言われて、奏一は笑った。

「引っ越して来た頃、俺、ベランダに出てかなちゃんの歌聞いてたんだ。この歌もよく、歌ってたよね」

「ごめん、そんなでかい声で歌ってた？」

「でも急に、歌が聞こえなくなっちゃった。なんか悲しいことあった？」

子どもらしいまっすぐさで、祐貴は奏一に尋ねた。

「……何もないよ。悲しいことなんて」

「かなちゃん、嘘、吐《つ》いてる」

ぎゅっと、祐貴は奏一の手を握った。

「ねえ、かなちゃん、俺」

「なに?」

「急いで大人になるね?」

「どうして?」

必死な目をする祐貴に、奏一は微笑《ほほえ》んだ。

「早く大人になって、今度は俺がかなちゃんを守る」

「……祐貴くん」

小さな手が強く自分の手を掴むのに、奏一は酷く切ない思いがした。

「かなちゃんがラーメンこぼしたら、今度は俺が片づける。そんで、卵の殻《から》のラーメン、かなちゃんに作ってあげるから」

必ずそうするからと、呟きながら祐貴は眠気に手を引かれていた。

「ありがとう、祐貴くん」

つないだ指を放しがたくて、奏一はその晩、いつもより長く、祐貴の寝顔を見つめていた。

そんなに長い時間ではなかったのに、祐貴《ゆうき》との思い出は奏一《そういち》の心の中にもやわらかな雪のように積もっている。

夢に見るまでもなく思い返せる幼い祐貴との日々を、図書館のカウンターでぼんやりと奏一は反芻《はんすう》していた。

「倉科《くらしな》くん、幹本《みきもと》教授のお使いよ」

不意に、由紀恵《ゆきえ》に声を掛けられてハッとして立ち上がる。

けれど目の前にメモを持って立っている学生は、祐貴ではない男子生徒だった。

「あ、倉科さんですか？　俺、志津《しづ》に頼まれてこの資料、幹本先生に届けるように言われたんですけど」

祐貴の友達なのか、それにしては随分幼く見える青年が、笑ってメモを奏一に見せる。

「……このくらいなら、僕が幹本先生に届けておきます」

量を見ながら奏一は、初めて祐貴以外の者が幹本の用を足《た》しに来たことに、思いの外落ち込んでいた。

「そうですか？　ありがとうございます！」

明らかにホッとした声を聞かせて、青年が立ち去ろうとする。

「あの」

何を考えるよりも先に、奏一の声が青年を呼び止めていた。

立ち止まって青年が、奏一を振り返る。

「祐貴く……いえ、志津くんは……元気ですか？　風邪でも引いた？」

「いいえ？　元気ですよ」

屈託なく彼は、朗《ほが》らかに笑った。

「なんかバイトが忙しいみたいで、ここんとこ。このメモ俺に預けて、バタバタ帰りましたよ」

そういえば祐貴が、バイト先の賄《まかな》いをもらうことがあると言っていたのを、奏一が思い出す。

「もう行ってもいいですか、俺」

丁寧に尋ねてくれた青年を、自分でも思い掛けず奏一は、呼び止めた。


青年に教えられた祐貴《ゆうき》のバイト先へ、仕事を上がった後奏一《そういち》は足を向けてしまっていた。

まだちゃんと、祐貴と話せていないことがある気がする。

自分から祐貴の元に向かうことに驚きながら、奏一は近しくなって一月以上が経《た》つのに、バイトのこともろくに尋ねずにいた自分を咎《とが》めた。

いつも、祐貴から歩み寄ってくれた。最初は酷い揶揄《からか》いをされたと思ったけれど、探し出してくれた挙げ句のことだ。

卵の殻《から》のラーメンも、祐貴はとても丁寧に、作ってくれた。何度も練習した、思えばそんな手つきだった。

覚えのある、駅近くの有名な精肉店の前に、奏一は立った。十二月に入ったせいなのか、もう閉店近いだろうに店は混み合っていて覗くのが精一杯だ。

「……かなちゃん!?」

そんな奏一を店の中から見咎《みとが》めて、祐貴が出て来てくれる。

「ごめん、なんかすごく忙しそうなところに……さっき、幹本《みきもと》教授に本を届けて、それで」

話したいことが沢山《たくさん》あったと思ったのに、いざ祐貴の顔を見たら奏一はしどろもどろになってしまった。

「今、お歳暮の受付で目茶苦茶シフト入ってて俺。もし良かったらどっかで待っててくれる？ もうすぐ閉店時間だから」

早口に言って祐貴が、店の中を気に掛ける。

「ホントごめん。その辺で、待ってるよ」

頷いて奏一が告げると安心したように祐貴は笑って、走って店に戻って行った。

近くのファーストフードに入ろうかと思いながら奏一は、店が見えるところから動けなかった。忙《せわ》しく働く祐貴が、時々見える。

寒さに、手袋をしていない指がかじかんだ。両手を口の前に寄せて、息を吐く。

それでも、こうして祐貴を待っていたい気がした。いつでも、祐貴はこんな風に自分を待っていたのだと、今更奏一が知る。

今来るかいつ来るかと、不安と期待の入り交じった気持ちで。

まるで同じ思いにはなれないにしても、奏一は祐貴の心を追っていた。

「かなちゃん！　どっかで待っててって言ったのに!!」

コートを半端に羽織りながら、携帯を掴んで閉店した店を出てきた祐貴が、奏一を見つけて駆けてくる。

「コート、ちゃんと着な？　風邪引くよ」

慌てている祐貴に、奏一は笑った。

「今日は先生の用、俺ができなくてごめん。この店、なんかソーセージとかハムが超有名で、お歳暮の季節になるとすごいことになるんだ。俺も今回初めて知ったんだけど」

「あれきり来なかったのって、そのせい？」

首を傾けて、奏一が尋ねる。

コートを着込みながら、祐貴は小さく、首を横に振った。

「この間は、俺が無神経だったよ。本当にごめん」

何かを祐貴が言う前に、自分から奏一が謝る。

「謝りたかったのと……ちゃんと、祐貴くんと話したくて、来ちゃった。ごめん、バイト先に」

謝罪を重ねた奏一に、祐貴は今度は大きく首を振った。

自然とアパートに向かって、奏一が歩き出そうとする。

けれど祐貴はついて来ず、二人は立ち止まった。

「会ってすぐにわからなかったけど、祐貴くんとのことは、俺にとってもすごく大切な思い出なんだ」

改めてそれを、奏一が祐貴に教える。

「だから、祐貴くんといたかった」

偽《いつわ》りのない気持ちを、奏一は伝えた。

雪でも降るかのように、夜空が暗い。しんとした寒さを感じながら立ったまま、奏一は祐貴を見上げた。

「でも、今の俺どう？」

不意に、そんなことを尋ねた奏一に、祐貴は意味がわからず答えられずにいる。

「祐貴くん、ずっと俺を好きだったって言ってくれたけど、それ八年前の俺だよね。幻滅したりしなかった？」

両手を軽く広げて、奏一は祐貴に自分を見せた。

「小学校の先生にも、なれてないよ」

苦笑して、奏一が広げていた手を下ろす。

無言で、長いこと祐貴は奏一を見つめていた。

「随分無愛想になっちゃったとは、思ったかな」

再会した奏一を食《は》み返すように、祐貴が白い息を吐く。

「俺、かなちゃんに会うのに必死で、最初は確かに今のかなちゃんのこと、見えてなかったかもしれない」

言われて気づいたというように、祐貴は考え込んだ。

長い間を置いて、祐貴が口を開く。

「二人で鎌倉、行ったじゃない？　佐川《さがわ》先生のところに本を取りに」

「うん」

不意に、この間のことを言われて、戸惑《とまど》いながら奏一が頷く。

「寂しそうな、佐川先生。終電間に合うかわかんないのに、かなちゃん、お茶飲んでくって」

「あのときはごめん」

謝った奏一に、そうではないと祐貴は首を振った。

「ああ、かなちゃんだなって、思った」

大切そうに、祐貴が言葉を口にする。

「俺のこと放っておけなかった、かなちゃんだって」

思い出を祐貴が噛み締めるのを、ただ、奏一は聞いていた。

「ただ、何かあったんだろうとは、ずっと思ってた。それは子どもの頃も、思ってたよ」

深くは追わずに、祐貴が呟く。

「ねえ、かなちゃんち行っていい？」

問われて、奏一はどう答えたらいいのかわからなかった。

うんと言ったら、この間と同じ酷《ひど》いことになってしまうのかもしれない。

「……祐貴くん」

促すように歩き出されて、奏一は困って祐貴を呼んだ。

「お歳暮で忙しくなったのもあるけど、俺、どうしたらいいのかわかんなくなってた。正直かなちゃん、想像と違ってたところもあって」

気持ちを整理するように、いつもよりゆっくり、祐貴が話す。

「でも、かなちゃんがこうやって会いに来てくれたの、すごく嬉しい」

「……どうして？　だって俺、やっぱり祐貴くんの想像と、違うんだろ？」

今の自分をそんなにも好いてもらえる理由は、奏一には見つけられなかった。

子守歌を、歌ってやることもできないのに。

「俺ずっとかなちゃんのこと好きだったから。バカみたいに大好きだったから」

苦笑して祐貴は、好きと二度繰り返した。

「俺の気持ちに、理由とか求めないでよ。あのときかなちゃんは、本当に俺の全部で」

幼い頃の思い出で、祐貴は胸をいっぱいにして見せる。

「再会しても、俺、何もがっかりなんかしてないんだ。上手《うま》く言えないけど、かなちゃんはやっぱりかなちゃんなんだよ」

そう言われても、奏一は祐貴を寝かしつけてやった自分と、この自分が同じだとは思えなかった。

「もう少し、頑張らせて」

力強い声で、祐貴が奏一に懇願《こんがん》する。

「もし何かあってかなちゃんが傷ついたままなら、今度は俺がかなちゃんちのドア、叩きたい」

少し、肩が寄った。

「大丈夫？」

小さな声で、祐貴が囁《ささや》く。

「大丈夫ですか？　って、言ってドアを叩くよ」

それが、初めて出会ったときの自分の声の真似なのだと気づいて、祐貴の声のやさしさに奏一は泣いてしまいそうになった。

もう大学も冬休みに入るというころ、祐貴《ゆうき》のバイト先もようやくお歳暮の受付が終わった。ほとんど講義もない祐貴が自分を待つというので、奏一《そういち》は学食にいるように言いつけた。

「何読んでたの？」

十二月にしてはよく晴れた分、夕方の冷え込みが差してきたテラス近くで、一人で本を読んでいる祐貴の手元を奏一が覗き込む。

「お疲れ、かなちゃん。これレポートの資料。冬休み明けたらレポートと後期試験だよ」

うんざりした様子を隠さずに、祐貴は溜息を吐いた。

「祐貴くん、講義取り過ぎなんだよ」

教養課程の学科を祐貴が取れるだけ取っていることを、最近知った奏一が呆れて本を弾きながら向かいに座る。

「だってさ、かなちゃん載《の》ってた学内広報で読んだから」

「何を？」

「かなちゃんこの大学から、そのまま職員になったって。真面目にやってるとそういうことあるんだなって思って、講義いっぱい取った」

「大学職員になりたいの？」

その選択の理由に気づかず、奏一は無防備に問い掛けた。

「そしたらかなちゃんの同僚だろ？」

「そんなんで進路決めるなよ！」

即答した祐貴に、思わず奏一が声を上げる。

「入学したときは正直、そんな不純な動機で講義取りまくったんだけどさ。でも俺、幹本《みきもと》先生と会えて、やりたいことできたんだよ。先生の研究、手伝いたいんだ。これは本気で」

手を振って祐貴は、言い訳のようではなく言った。

「だからできれば、大学には残りたいんだ」

「そうか……」

自分より余程しっかりと将来を見据えている祐貴を、驚きとともに奏一が見つめる。

「長いつきあいになるかもよ。覚悟しといて」

戯《おど》けて祐貴が笑うのに、つられて奏一も笑った。

「クリスマス、どうする？」

不意に、祐貴は間近の予定を尋ねてきた。

「……どうするって」

「図書館って、冬休みもやってるよね。かなちゃんのシフトは？」

「独り者のクリスマスイブなんて、普通に仕事入れられてるよ」

「じゃあ終わってから、クリスマスしようよ。二人で」

身を乗り出して祐貴がねだるのに、奏一が困り果てる。

「俺さ、宮野《みやの》さんって同僚の人に言われたんだけど」

「あの、かなちゃんのこと好きな女の人？」

「顔が好みなだけの人」

好きという祐貴の言葉を訂正して、しかしこの言い分もどうだろうと奏一は肩を竦《すく》めた。

「俺、最近職場で、結構おもしろおかしく語られてるらしいよ。祐貴くんのおかげで」

「なんで？」

「国文科の一年生と、いつも遊んでるってさ……」

それは、同僚からしたらあまりにもおかしな話だろうと、奏一の目が遠くを見る。

「あ、だから今日学食で待っててって言ったんだ？」

ようやくいつもと違う場所を強く指定された訳に気づいて、祐貴は少し呆れた声を聞かせた。

「気にすることないだろ。俺といるの、そんなに恥ずかしい？」

「祐貴くんも二十六歳になってみたらわかるよ……十八歳と楽しく遊んでるの恥ずかしいよ」

取り繕わずに、奏一が自分の心境を吐露《とろ》する。

「楽しいんだ？」

そこを拾って、祐貴は大きく笑って本をしまった。

「今日俺、かなちゃんに夕飯奢《おご》っちゃおうかな。今月バイト代すごいから」

立ち上がって行こうと促す祐貴に、奏一も歩き出す。

「この上一年生に奢られてたまるか」

普通に正門からいつもの道を帰ろうとすると、否応なく図書館の前を通ることになった。

奏一は俯いたけれど、祐貴が笑っているのがわかる。

「倉科《くらしな》？」

そこに、図書館の前をうろうろしていた黒いレザーを着た男から、不意に奏一の名前が呼ばれた。

誰だかわからず奏一が顔を上げると、明らかに見覚えのある、奏一より少し年上なのに年齢のわからない茶色の髪をした男がこちらを見ている。

「……三浜《みはま》、先輩」

横浜の大学で一緒だった男の、三浜という名前がようやく奏一から出た。

不穏な空気を察して、祐貴は奏一の傍《かたわ》らを離れない。

「探したよ、倉科。峰崎《みねざき》さんが今業界で頑張ってんの、知ってんだろ？　最近新しいユニットが当たって、よくメディアに出てる」

前置きもなく三浜は、奏一に本題を告げてきた。

「……知り、ません。どうしてここが」

過去からの来訪者に、奏一は戸惑《とまど》うばかりだ。

「ネットで検索したんだよ！」

「ネットって怖い……」

短気に三浜が声を立てるのに、同じ方法で奏一に辿り着いた祐貴が呟く。

「俺、今スタジオミュージシャンやってるんだ。もういい歳《とし》だけど、一回はちゃんと一線でやりたい。峰崎さんおまえがボーカルなら、もう一度考えるって言うんだ」

「俺、そんなこと」

逃げだそうとした奏一の腕を、乱暴に三浜は摑んだ。

「ちゃんと声、出てるじゃないか。ルックスもまだ全然いけるよ！　あのときの借り、返せよ!!」

「倉科さん、嫌がってますよね」

腕を振り払おうとして敵《かな》わないでいる奏一を三浜からもぎ取って、祐貴が自分の背に隠す。

「なんだかわかりませんけど、いきなり一方的過ぎませんか？」

「あきらめられないんだよ！　もうレコーディングするだけだったじゃないか!!」

喉を押さえて奏一は、何も言葉を返せずにいた。

「……俺、もう歌わないんです。歌いたくないんです。勘弁してください……っ」

なんとか叫ぼうとした奏一の声が、掠れる。

「本当なのかよ、それ！」

投げられた声と言葉に、三浜は明らかに落胆した。

「本当ですよ、倉科さん歌いません。気が済んだなら帰ってください」

騒ぐ男を睨《にら》んで黙らせると、祐貴が奏一を抱えるようにして歩き出す。

足早に大学を離れて祐貴は、時々後ろを振り返りながら、奏一をアパートに送り届けた。

「大丈夫？　かなちゃん」

青ざめている奏一の顔を覗き込んで、冷たい指の代わりに祐貴が部屋の鍵を受け取って開ける。

部屋に上がってても奏一はコートも脱げず、ただ畳に座り込んだ。

「大丈夫？」

後ろから、そっと奏一を抱いて、祐貴が宥めるように問う。

「そんな風に、慰めないで。俺、そんなことしてもらえる人間じゃない」

腕を、奏一は振り払った。

「歌も、歌いもしない」

戦慄《わなな》きながら祐貴と向き合って、奏一が声を震わせる。

「祐貴くんだって歌ってなかったら俺のこと気づかなかっただろう？　今の俺に、祐貴くんのためにまだなんかできることある⁉」

突然過去が訪れたのに混乱して、奏一は喚《わめ》いてしまった。

けれど祐貴は引《ひ》き摺《ず》られずに、奏一の目を落ち着けるように見つめている。

「そんな風に言わないで」

切なそうに、けれどしっかりとした声で祐貴は願いを口にした。

「俺にはすごく大切な時間だった。多分俺にとって一番辛《つら》いときに、かなちゃんが手をつないでいてくれたんだ」

穏やかに祐貴が、それを奏一に教える。

「……手、つないでいい？」

乞われて、長い指を奏一は見ていた。あんなに小さかったのに、今はもう自分より大きい。

ただ待っていてくれる祐貴に、奏一は怖《お》ず怖《お》ずと指を差しだした。

ゆっくりと祐貴が、奏一の手を取る。

「峰崎さんって、この間テレビに出てた人だ。最初に呑んだときも」

「……うん」

気づいたことを祐貴が口にするのに、素直に奏一は頷いた。

「無理には、話さなくていいよ」

空《あ》いている方の腕で、ただ包むように祐貴が奏一を抱きしめる。

額に額を寄せられて、ようやく、奏一は長く息を吐いた。

「峰崎先輩、俺の声が気に入ったって、言ってくれて」

口にすると顔が強《こわ》ばるのを、奏一はどうすることもできない。

「祐貴くんと会う、ちょっと前。大学入学してすぐの頃。俺、すぐ歌っちゃうの悪い癖で、中庭で歌ってたの聞かれたんだ」

記憶の断片を、一つ一つ奏一は語り始めた。

「俺とは縁のない軽音楽部の人だったんだけど、なんか、嬉しくて。そんなこと言われて。親しくなった。時々、歌ってみなって言われて、先輩の前で歌ってた」

少し、祐貴の奏一を抱く腕が強くなる。

「そしたら、軽音でユニット作るから、真ん中で歌ってって言われて……」

そのときの途方に暮れた気持ちがそのまま、奏一の声に映ってしまった。

「俺そんなの無理だと思って。何度も、言ったんだけど」

「いかにも強引そうな、男前だったよね」

最近確かにメディアでよく見るその男の顔を、祐貴が思い出して眉を寄せる。

「今も活躍してるくらいだから、きっとそういう才能あったんだあの人。曲作ってリードギター弾いてて。あっと言う間に、話が進んで。プロダクションとかレコード会社とか、そういう人達と元々先輩パイプがあって」

「……いやだったんだね」

語る奏一の様からそれはすぐに見て取れたのか、祐貴は溜息を吐いた。

「全然歌いたくない歌、毎日練習してた。でもみんな楽しそうで。みんな張り切ってて……さっきの三浜先輩とか、すごい喜んでて。段々、もう何も言い出せなくなって」

頷くこともできず、奏一が先を続ける。

「いよいよレコーディングってときに、俺、全然声が出なくなった」

そのときのことを思い出すと、今も奏一は血の気が引くような思いがした。

「峰崎先輩に病院に連れて行かれて、何処《どこ》も悪くないって。ストレスが原因だって、失声症っていうんだって言われた」

どれだけ非難されても仕方がないと自覚はあったけれど、その自覚をもってしても足りない程皆に咎《とが》められた。

肝心の峰崎は黙ってしまって、その後何も言葉を交わさないまま奏一は別れた。

「みんなに迷惑掛けて、大学いられなくなった。声も出ないから、実家帰って……しばらくしたら治ったから、本当に酷《ひど》い甘えで」

「……ごめんね、かなちゃん。歌って、歌ってって、俺何度も言った。辛《つら》かったよね」

自分を責めた奏一に、祐貴が堪《こら》えられず謝る。

首を振って奏一は、祐貴を見た。

「一番無理してたときに、祐貴くんと出会った」

隣の部屋のドアを叩いた晩のことを、奏一が思い返す。

「祐貴くんに歌を聞いてもらうのが唯一、俺の時間で」

どんなに癒《いや》されていたかそれは言葉にできないほどで、本当は奏一の方が祐貴の元から帰りたくなかった。

「救われてた」

告げられて祐貴が、つないでいる指を解く。

「かなちゃん」

降りていた奏一の髪を、祐貴は撫でるように掻き上げた。

少し、祐貴は言い出すのを迷っていた。

「声が出なくなるまで、ちゃんといやだって言えなかったのは、かなちゃんが悪かったと思う」

やがて、遠慮がちに、でもはっきりと祐貴が奏一に伝える。

「……うん」

言葉にされて奏一は、俯いてそれでも頷いた。

「みんな喜んでて、言えなかったんだね」

そのときの奏一の気持ちを察して、祐貴が言い添える。

「俺、本当にみんなに酷いことした」

「だけどかなちゃんも大きな代償、払ったよ。声出なくなって、大学辞めて。それだけじゃなくて、八年、息を潜めて生きてたんじゃない？」

自分を断罪する奏一に、慰めのつもりではなく、祐貴は尋ねた。

「俺、かなちゃんが想像と違ってたの、なんでなのかわかった気がする。かなちゃんは前と変わったんじゃないよ。全然、変わってないんだ」

不意に、やけにきっぱりと、祐貴が言い切る。

「俺は、あの頃とは」

「同じところから、動けてないんだよ」

首を振ろうとした奏一を、祐貴は遮った。

「またそのときみたいになるのが怖くて、誰ともちゃんと関われないでいたんじゃないの？俺といて楽しかったのも、そんなの久しぶりだったからだよ。きっと」

「そんな、ことない。俺、祐貴くんは特別で」

言われたらまるで前に進まない自分は明白で、奏一が誰に謝ったらいいのかもわからなくなる。

「俺、こうやってかなちゃんと二人きりで全然いられるけど。いたいけど」

わずかに躊躇《ためら》って、祐貴は言葉を切った。

「でもかなちゃんに、ずっと立ち止まってるところから歩き出して欲しい」

けれどただ奏一のためだけに、続きをくれる。

「そんな難しいこと、言わないで」

甘えだとわかりながら、奏一は頷けなかった。

言われた通り、確かにずっと、身を縮めていた。そんな日々に差し込む日差しのように、祐貴が現れた。

「俺、祐貴くんがいてくれたら、それでいい」

今以上の何かができる気がしなくて、情けなさに、奏一が泣く。

零《こぼ》れ落ちる涙を、祐貴の指先が拭った。

「……そんなこと言って、泣かないで」

頬を撫でられて奏一が、自分が八つも年上だと忘れて、祐貴に縋《すが》り付く。

両手で奏一を、祐貴が抱いた。

「泣かないで、かなちゃん」

瞼《まぶた》に、唇で祐貴が触れる。

「俺、すごい我慢してる今」

何を言われたのかすぐにはわからなくて、奏一は祐貴の顔を見た。

「全力で、俺、男の子我慢してる」

「……ばか」

真顔で言われて、奏一が吹き出す。

「だって好きな子が、俺がいたらそれでいいって泣くんだよ？」

困った声を出されて、涙を拭って奏一は笑った。

そのまま、ただ二人で寄り添う。

「なんかもしかしてこれいいムード？」

「わかんない……」

戯《おど》けて祐貴が尋ねるのに、溜息のように奏一は笑うのをやめた。

「でも、もしそうなら」

声を出すのに、大きな勇気がいる。

「俺、もっと祐貴くんに似合う人間になりたい」

自分から、奏一は祐貴と手をつないだ。

「……何言ってんの、かなちゃん」

意味がわからないと、祐貴が奏一の瞳を覗く。

「祐貴くんは、本当に大人になった」

大人にならざるを得なかったのかもしれない祐貴が、まっすぐに心を育ててくれたことに、ただ奏一は感謝した。

「だから俺も、歩き出せるように……頑張るよ」

落とした奏一の声を、祐貴は微笑《ほほえ》んで聞いている。

「結局チューもなしかあ」

子どもじみた言い方をした祐貴に、奏一は大きく笑った。


恋人と過ごすようなクリスマスをせがんだ祐貴《ゆうき》の希望は、奏一《そういち》ではなく、幹本《みきもと》によってあっさりと覆された。

学食もいよいよ閉まり、仕方なく図書館で待たせた祐貴を閲覧《えつらん》ルームに奏一が迎えに行くと、行き詰まった幹本が突然現れたのだ。

「なんだね君たちクリスマスイブに男二人で味気ない！　よしっ、私が君たちに日頃のお礼に一杯奢《おご》ろうじゃないか!!」

勢いよくそう言われて、職場でもある周囲の目もあって、奏一はもうとても断れない。

「先生……あの、今日は、俺達」

今日はなんなのかと、祐貴もさすがに続けられはしなかった。

「好きなだけ呑みたまえ!! いつもの赤提灯《あかちょうちん》に連れて行ってやろう!」

「ですから先生、俺まだ十八ですよ……」

さあ行くぞと図書館を出ようとする幹本に、とぼとぼと祐貴がついて歩く。

「ケーキ、冷蔵庫にあるから」

仕方なく奏一は、内緒で用意したケーキのことを、祐貴の耳元に囁いた。

「あと、シャンメリー買った」

「……かなちゃん、俺いくらなんでもそんなに子どもじゃないよ?」

口を尖《とが》らせて祐貴が、けれど頬を綻《ほころ》ばせる。

煮詰まる幹本の国語学の話を聞きながら、大学を出て居酒屋までの遠くはない道を祐貴と奏一は歩いた。

「いらっしゃいませー! あらやだ、クリスマスだってのに男ばっかりで赤提灯?」

いつもの女将《おかみ》が、三人の顔を見て笑いながら席を用意してくれる。

「バテレンの宗教の聖誕祭など、知ったことか」

「先生、さっきと言ってること違いますよね」

テレビに背を向けて座った幹本の前に腰を下ろしながら、せっかくのイブを邪魔された祐貴は、思い切り溜息を吐《つ》いた。

「まあでも、特別の日にいつもの場所ってのもいいよ」

とりなしながら奏一が、祐貴の隣に座る。

「好きなものを呑みなさい」

「だから俺、ウーロン茶しか飲めませんってば」

「僕もウーロン茶で」

頬杖をついた祐貴の横で、相変わらず酒を警戒している奏一は手を挙げた。

「つまらん。つまらんよ君たち！」

「……かなちゃん、今日は呑んだら？」

祐貴に言われて奏一が、仕方なく「レモンサワーを」と、女将に告げる。

テレビではクリスマスの特別編成なのか、音楽番組が流れていた。

「では、メリークリスマス！」

飲み物が出揃って機嫌良く、言うことがコロコロ変わる幹本が、熱燗《あつかん》のお猪口《ちょこ》を掲げる。

「メリークリスマス」

「メリークリスマス」

段々とこのイブがおかしくなってきて、奏一と祐貴は笑った。

店の中も独り者の勤め人でそこそこ混んでいて、幹本は人気なのかあちこちから「先生、先生」と、声が掛かる。

そのうちに、この間からキャンペーンをしていた新曲がヒットしているのか、峰崎俊司《みねざきしゅんじ》がまたテレビに映った。リードギターを弾いているが、峰崎がこのユニットを仕切っていることは一目でわかった。

反射的に、奏一が俯く。

「答えたくなかったら答えなくてもいいけど……どんな歌だったの？」

作詩作曲というテロップに峰崎の名前が書かれているのに、奏一が歌うところなど一つも想像がつかなくてそっと祐貴は尋ねた。

息を吐いて、奏一が顔を上げてテレビに映る峰崎を見る。

「なんか」

長い間を置いて、奏一は口を開いた。

「明日に向かってひたすら前を向いて絶え間なく歩き続けろでも時々休んでもいいんだみたいな、歌詞」

何度も歌ったので覚えている歌詞を、奏一はなんとか声にすることができた。

「意味がわかんない」

堪《こら》えきれずに、祐貴が吹き出す。

「そういうのが、受けるって先輩が。実際、受けてるし」

つられて少し笑って、奏一はテレビを指差した。

「全然かなちゃんに似合わない」

腹を押さえて、祐貴が声を立てて笑う。

「ひどいな」

「だって……それに、なんかやっぱり不思議だよ。そりゃかなちゃんは無駄にきれいな顔してるけどさ」

「無駄は余計だろ」

突然そんなことを言われて、困って奏一は苦笑した。

「俺の思うところをはっきり言っていい？」

「うん」

何を祐貴が言わんとしているのか察せずに、奏一が頷く。

「かなちゃんそもそも覇気《はき》がないからさ、こういうテレビに出てる人みたいな、華みたいなのごめん全然感じない」

「……そんなこと俺だって百万回思ったよ」

「でもこの人、才能のあるプロデューサーみたいなこともする人なんだよね。かなちゃんこういうことして受けたかなあ？」

思い切り首を傾《かし》げる祐貴に、奏一は真剣に悩んで声まで出なくなったときに、今の言葉があったらとまた笑ってしまった。

「言われてみたら、なんか不思議だな。この間三浜《みはま》先輩言ってたこと、嘘なんじゃないかな。今更峰崎先輩が、俺がいたらまたやるとかそんな」

「悪いけどこの間の人を、あきらめさせるために言ったんじゃない？」

そう祐貴に言われると奏一も容易に納得が行って、二人で肩を竦《すく》める。

そこに、大きな音を立てて店の入り口が開いて、長い黒コートにサングラスがやけに似合っているけれどこの場からは壮絶に浮く長身の男が、現れた。

「随分な男前だな」

周りの客と話していた幹本が、感心したように呟く。

「いらっしゃいませー！」

誰であろうと変わらぬ声を聞かせる女将は、大きく声を掛けた。

「客じゃない」

言い捨てて男が、サングラスを取る。

その顔を見て奏一だけではなく店の人間が、みなぎょっとした。

男はまさに今テレビに映っていた、峰崎だった。

「久しぶりだな、奏一」

「奏一？」

峰崎がまっすぐ奏一の名前を呼ぶのに、眉を寄せて祐貴が尋ね返す。

「……俊司《しゅんじ》さん」

「俊司さん⁉」

ようよう、声を絞り出した奏一の声も、祐貴は反復した。

「お、テレビに出てるにいちゃんじゃないか」

「すごいな女将、有名人が来たよ。サインもらっときなよ」

酔っぱらっている客たちが、ゲストの到来に騒ぐ。

「すみませんサインは後程。……元気か、奏一」

「どうしてここが……？　っていうか俊司さん、今テレビに出てませんでしたか？」

何から尋ねたらいいのかわからず、奏一はどうでもいいことから訊いた。

「あれは録画だ。おまえの勤め先のことは三浜から聞いてた。この店は図書館で女を捕まえて聞いたら、近所の赤提灯に行くと言ってたという目撃者を見つけた。二人聞いたらすぐわかったぞ」

二人でも疲れたという顔をして、峰崎が奏一の傍らに立つ。

庇《かば》うように祐貴は、奏一の腕を摑んだ。

「なんだそのヒモみたいな男は。単刀直入に言おう。俺は今新しいユニット動かさないかって、打診されてる。声が出るようになったんだってな。おまえで行きたい。もう一度俺の歌を歌えよ」

問答無用の口調で、テーブルに手をついて峰崎が奏一に顔を近づける。

「近寄らないでください。かなちゃんはもうあなたの歌は歌いませんよ！」

奏一の両肩を摑んで、祐貴は自分の方に引いた。

「ヒモには聞いてない」

「俺はヒモじゃありません！」

「なんだか楽しそうだが、私には紹介してくれないのかね。そのテレビから出て来た男前を」

揉め事には我関せずと、幹本が余計な茶々を入れる。

「先生は黙っててください。かなちゃん……奏一さんは」

「いいよ、祐貴くん」

なおも自分を庇おうとした祐貴の手を、奏一は静かに落とさせた。

「俺も、俊司さんに会えたら言いたいことがあったんです」

峰崎と向き合って、奏一が椅子から立ち上がる。

「あのときは、ご迷惑お掛けして本当にすみませんでした。本当に、ごめんなさい」

頭を下げて、奏一は峰崎に謝った。

「でも俺、全然歌いたくありません。俊司さんの作る前向きソング」

「ああいうのが受けるんだ」

「そういう考え方もいやです」

「俺だって本当はいやだ」

はっきりと自分の意志を声にした奏一に、峰崎が思い掛けないことを返す。

「俺は多分、向いてるんだ。今の仕事。人が欲しがるものが、提供できる」

謙遜《けんそん》しているのか自慢しているのかよくわからない口調で、峰崎は溜息を吐いた。

「……俊司さんの才能は、本当にすごいと思います」

「でも俺にだってやりたいことはある。あのときだって、最初はあんな歌だったけど、もし軌道に乗ったらもっとおまえに合う歌を作るつもりだった」

まっすぐに峰崎が、奏一を見つめる。

「軌道には、乗らなかっただろうけどな。俺の才気であそこまでいったけど、おまえには華がなさ過ぎる」

「……じゃあなんで」

さっき祐貴に言われたことと同じことを今更言われて、さすがに何故と奏一も尋ねた。

「大学の中庭で、おまえが歌ってるの聞いて」

懐かしい過去を、峰崎が口にする。

「みんなに聞かせたいと、思ったんだ。たくさんの人に、おまえの歌を聞かせたいって」

視線を外さないまま、似合わない真摯《しんし》な声を峰崎は聞かせた。

「俺が間違ってたよ」

「……あのとき、俊司さんだけ、俺のこと一度も責めなかった」

そのことを奏一はよく覚えていて、ありがたくもすまなくも思っていた。

「俺が悪かったからだ」

「いいえ」

意外な言葉を渡されたけれど、はっきりいやだと言えなかった自分が悪かったことは奏一もよくわかっている。

「悪かったのは、俺です。本当にごめんなさい」

もう一度、謝って奏一は頭を下げた。

「俺の歌、好きだって言ってくれて、ありがとうございました」

そして、ずっと喉元に飼っていた言葉が二つとも、奏一を離れて行く。

声を見送ってから奏一は、気づいた。

「……ずっと、これ、言い損ねてた。やっと言えた。ごめんなさい。ありがとう」

それを峰崎に伝えられなかった不甲斐《ふがい》なさを、ずっと抱えていたことに。

「そんな言葉が、欲しくて来たんじゃないよ」

眉を寄せて、峰崎は首を横に振った。

「おまえでもう一度ってのは、嘘だ。俺も謝りたかった。悪かったよ、強引な真似して。無理なのはわかってた」

謝罪など全くしないように見える口元から、それらしき言葉が投げられる。

「俺は、後悔してる。みんなにおまえを見せようなんて思わずに、独り占めすれば良かったんだ。最初から」

峰崎が言うのに奏一は意味がわからずただ聞いていたが、祐貴は息を飲んで身を乗り出した。

「今からじゃ遅いか？」

「遅いです！」

尋ねて奏一の頬に触れた峰崎の手を、後先考えずに祐貴が振り払う。

「八年前だって、駄目です！　かなちゃんには、俺が……っ」

「俊司さん」

食ってかかろうとした祐貴を、奏一は止めた。

「俺にはあのころ、この子が……祐貴くんがいてくれたんです。だから、もう」

奏一の口からはっきりと、そのことを告げる。

眉間の皺《しわ》を深めて、黙り込んで峰崎は祐貴を見つめた。

「この子って……君、いくつ？」

「もう十八歳ですよ」

この子と言われて、祐貴が声を大きくする。

「あの頃って、おまえ。八年前のこと言ってんのか？」

「そのど変態を見るような目で見るのやめてもらえませんか……」

真顔で問われて、奏一はもう取り返しがつかないことを自分が言ったのだとあきらめた。

「子ども好きなのか、おまえ」

「俺は子どもじゃないです」

「そうじゃなくて！」

言い返す祐貴に被せて、さすがに奏一も反論しようとしたが、峰崎に何から語ったらいいのかわからない。

「もう、いいですそれでも。とにかく俺には、祐貴くんがいつでもいてくれて、今もいてくれて」

苦笑して奏一は、投げやりにではなく言った。

「だから俊司さんにも、やっと言えたんです。ありがとうと、ごめんなさいを」

そうして、もしかしたらあの頃より少し前に進めたのかもしれないと、小さくだけれど歩き出している自分に気づく。

もう一度、大きな溜息を峰崎は聞かせた。

「……ショタコンじゃ、しょうがないな。勝負のしようがない」

「だからそうじゃないですってば！」

「大人の男の魅力に気づいたら、いつでも連絡しなさい」

らしくなく大きな声を立てた奏一の右手に、峰崎がそっと名刺を握らせる。

「俺だって大人の男ですよ！」

その手を振り払うのに祐貴は間に合わず、峰崎は女将が用意した色紙に丁寧にサインをすると、もう何も言わずに店を出て行った。

「なんなんだね、君たち。いつの間にそういうことになっていたんだね」

一部始終を見物していた店内の人間を代表して、幹本が祐貴と奏一に尋ねる。

「これからなるんです。俺たち二人きりでイブなんです。失礼してもいいですか!?」

峰崎への憤《いきどお》りが止まない祐貴は、勢い奏一の肩を抱いて宣言した。

「私も閃《ひらめ》いたから、帰るとしよう。大きな衝撃がきっかけとなった」

女将お勘定、と、幹本が会計をする。

峰崎の出て行った入り口を睨《にら》んでいる祐貴に、奏一は小さく苦笑した。


「かなちゃん右手！」

幹本《みきもと》と別れて、強引に手を引いて奏一《そういち》のアパートに辿り着き、奥の部屋に上がるなり祐貴《ゆうき》は言った。

「右手出して」

何を言われているのかわからずに奏一が右手を出すと、自分の指が峰崎の名刺を握っている。

それを取り上げて、祐貴は奏一をじっと見た。

「破っていい？」

「わざわざ聞くなんて、祐貴くんらしいね」

「破くよ！」

悠長に言った奏一に、祐貴が名刺を四つに破いてゴミ箱に捨てる。

「なんで名前で呼んでたの」

「なんでって……俊司《しゅんじ》さんがそうしろって」

あまりにも些末《さまつ》なことを祐貴が訊くのに、奏一は素直に答えてしまった。

「その俊司さんに言われたことなら聞くの!?　あの人かなちゃんに気があるよ！」

コートも着たまま祐貴が、峰崎の話を止めない。

「まさか、だって大学でも知らない人なんかいないくらい。女の子とかみんなきゃーきゃー言ってて」

有り得ないと、笑って奏一は首を横に振った。

「俺はただ、俊司さんにきれいな声だねって言われて……嬉しかっただけなんだ」

「なんで、喜んじゃうんだよ」

不満を露《あらわ》に、祐貴が問いを重ねる。

「祐貴くんに誉められたときだって、嬉しかったよ」

「どっちが嬉しかった⁉」

今までとは違う、酷《ひど》く子どもじみた声を、祐貴は聞かせた。

「……ちっちゃい、子どもみたい」

思わず奏一が、吹き出してしまう。

「子どもじゃないよ」

不意に、声を落として祐貴は、奏一のコートを脱がせた。

「全然、俺、子どもじゃないよ。もう大人だし」

自分のコートも脱いで、祐貴が畳に重ねる。

「今考えたら、あのときもう俺はかなちゃんが好きだったんだよ」

まだ温まらない部屋で祐貴が、高い体温を奏一に寄せた。

「それは、俺だって祐貴くんのこと」

「そういう意味じゃなくて」

身を引いた奏一の手を、祐貴が取る。

「待って、祐貴くん」

距離の近さに惑って、奏一は声を上ずらせた。

「もう、待てない」

耳元に祐貴が、不意に大人びた声で、囁く。

「ケーキ、食べよう？」

「かなちゃんだってわかってるはずだよ」

笑おうとした奏一の髪を、祐貴は抱いた。

「俺はもう十歳の祐貴くんじゃないんだよ、とっくに」

掌《てのひら》の大きさだけでなく、目の前のまなざしが、奏一にそれを思い知らせる。

「本当は、かなちゃんがあの人とちゃんと話せたの、嬉しかった。前ならきっと、話せなかったよね」

自分を収めるように、祐貴は一度、息を吐いた。

「でも、想像とあの人違って、俺目茶苦茶やきもち焼いてる自分に腹が立つよ」

「なんか難しいこと言ってる」

「あの人、かなちゃんが本当に大事だった」

茶化すのを許さず、言いたくなかったけれど、祐貴が告げる。

「俺は、かなちゃんが大事にされてたことを、喜べないような男だよ。ごめん」

「そんなこと……言わないでよ」

少し瘦せた声を聞かせられて、奏一が祐貴に乞う。

「それでも、俺がいたからって、かなちゃん言ってくれたね」

奏一の額に、祐貴が額を合わせた。

「わがまま聞いて？」

吐息が掛かる距離で、祐貴が懇願《こんがん》する。

「俺がかなちゃんを大事にしたい」

唇が触れるまで、あとほんの少しだ。

「ずっと、かなちゃんが大事だった」

逃げない奏一に、それでも祐貴は無理に触れては来ない。

「俺も、祐貴くんが、大事だよ。でも」

そんな祐貴が、奏一にもう、愛しい。

「でも、何？」

「ものすごい……罪悪感。だって俺、よく覚えてるよ。祐貴くんは小さな手で、心細そうに俺のシャツにしがみついて、歌を聞いてた」

目を閉じると今も奏一には、幼い祐貴が鮮明に思い返せた。

「俺たちは支え合ってた。俺は祐貴くんに歌うことで、なんとか自分をぎりぎり保ってて」

「何が罪悪感？」

わかっていて、祐貴が尋ねる。

「俺がもう大人だってこと、知りたい？」

熱い掌で頬を抱いて、耳元に口づけるようにして祐貴は訊いた。

「知りたいって、言って。かなちゃん」

言葉を乞われて、奏一が目を閉じる。

瞼《まぶた》の裏には、まだ、十歳の祐貴がいた。けれど今奏一が向き合って気持ちを分け合っている青年は、体だけでなく心を大きく育てている。

そんな祐貴がいてくれるからと、今日、確かに奏一は言った。

もう、答えは出ている。

「……教えて」

小さく奏一が呟くのを、祐貴はずっと待っていた。

ゆっくりとそっと、祐貴は奏一の唇に、初めて唇を合わせた。

「ん……」

少しずつ深く合わせられる口づけに、奏一が息を詰まらせる。

下唇を舐めて、そっと歯を立てて、また祐貴がそこを舐める。

段々と舌は奏一の口腔《こうくう》を侵して、どうすることもできずに指が祐貴の背にしがみついた。

「八年の間」

体に力の入らない奏一の腕を引いて立たせて、祐貴がその体をベッドに横たえる。

「俺がずっとどれだけかなちゃんのこと考えてたかも、教えてあげる」

奏一のシャツのボタンを外しながら祐貴は、その耳を食《は》んで、口づけた。

「ん……っ」

「かなちゃんの声」

シャツを丁寧に、祐貴が脱がせてしまう。

「かなちゃんの、細くて長い指」

手を取って祐貴は、囁きながら指にもキスをした。

「かなちゃんのうなじ」

手首を上がって来た唇は奏一のうなじに辿り着いて、痕《あと》を付けないように肌を吸う。

「……っ……」

くすぐったさとは違うざわつきに奏一は、唇を噛み締めた。

「やわらかい、きれいな髪」

髪を撫でて祐貴が、もう一度唇を合わせる。

「ん……」

口づけながら祐貴は、自分のシャツを脱いだ。

熱い肌と肌が重なって、祐貴の唇と指が奏一の体を撫でる。

「……祐貴、くん、俺やっぱり……」

「かなちゃん」

名前を呼んで耳を舐《ねぶ》って、祐貴は奏一の下肢を裸にしてしまった。

「ちょっと待って……っ」

「酷《ひど》いことはしないよ、絶対」

言い聞かせるようにして祐貴が、奏一のそれを撫でる。

「それに俺、充分待ったよ」

「そうかも、しれないけど」

情けない声を聞かせた奏一に苦笑して、祐貴は額にキスをすると自分も下着ごとデニムを脱いだ。

そっと祐貴が、奏一と腰を合わせてくる。

「……俺、もうこんな」

擦り合わせて祐貴が吐息を聞かせるのに、奏一は高められてどうしたらいいのかわからなくなった。

「それでもかなちゃんがどうしてもいやなら、やめるけど」

「ん……っ」

「いや?」

奏一も熱を持って濡れているのを知りながら、けれど決して揶揄《からか》うようではなく、祐貴が尋ねる。

「……祐貴、くん」

「何？」

「俺……今も祐貴くんに……支えられてる」

段々と奏一の声が、覚束《おぼつか》なく途切れ途切れになった。

「こんなときに、そんなかわいいこと言わないで」

「……俺は」

濡れたまなざしで奏一が、祐貴を見つめる。

「俺は少しでも、祐貴くんを支えられる人間に……なれた？」

問い掛けた奏一を、不意に、祐貴が両手で抱いた。

深く口づけて、舌を絡める。

「んっ」

過ぎる程奏一の唇を貪《むさぼ》って、祐貴は鼻を擦り合わせた。

「俺はずっと、かなちゃんに支えられてたんだよ。隣の子どもを、放って置けなかったかなちゃんのやさしさに今まで支えられてた。かなちゃんはあのときのままだ」

熱い息を吐いた奏一に、祐貴が指を伸ばす。

「もう、やめるの難しいよ」

充分に息づいているそれに、祐貴は指を絡めた。

丁寧に指を蠢《うごめ》かされて、奏一が身を捩《よじ》らせる。

「……俺も、祐貴くんの、した方がいい？」

精一杯の声で、奏一は尋ねた。

「できたらでいいよ」

笑って祐貴が言うのに、奏一が指を伸ばす。けれど祐貴に追い上げられて、奏一は少し触れるだけで何もできなかった。

「……っ、ん……っ、祐貴、くん……駄目だよ……もう……っ」

「いって？　かなちゃん」

指を休めずに、祐貴が奏一に乞う。

「恥ずかしいよ……俺、こんな……」

「すごく、かわいい顔」

「見るなよ……」

「もっと見せて」

瞳を覗かれ熱を引き出されて、奏一は震えた。

「本当に、もう」

「見ててあげるから」

「……っ……」

何をと、問う間もなく奏一が、呻《うめ》いて祐貴の指を濡らしてしまう。

「……っ、は……っ」

羞恥と与えられた悦楽に息を上げて、奏一は唇を嚙み締めた。

「……かわいい、かなちゃん」

瞼に口づけながら祐貴の濡れた指が、奏一の入り口を撫でる。

「な……に？」

「痛く、しないから」

奏一のものにぬめった指で祐貴は、肉を分け入った。

「んあ……っ、待って……っ」

「お願い、逃げないでかなちゃん。絶対酷くしないから」

もう一度懇願して祐貴が、指で奏一の中を探る。

「祐貴くん、俺そんなの無理……っ」

「痛い？　痛いだけなら、やめるけど……」

異物感に足掻《あが》く奏一の内側の、快楽に繋がる場所を祐貴が焦って探した。

「……あぁ……っ」

その闇雲な指が、奥を探り当てる。

「……もしかして、気持ちいいとこ?」

「やだ……っ」

見知らぬ感覚に惑《まど》う奏一のそこを、強く祐貴は掻《か》いた。

「やあ……っ」

訳がわからず、奏一が祐貴にしがみつく。

「ここなんだ?」

「やめて、祐貴くん俺……っ」

言葉も継げずに奏一は、祐貴の肌に爪を立てた。

「なんで?」

「こんなの変だよ……っ」

「大丈夫だよ、いやなことしないから」

「やだって、俺、言ってるのに……んあっ」

一際激しく抜き差しされて、奏一が声を掠れさせる。

「かなちゃん熱い」

嚙み締めた奏一の唇を、祐貴は軽く食《は》んだ。

「……っ……」

「言葉より、この体温信じるよ。俺」

「祐貴くんが……熱くしてるんだよ……っ」

指を増やして、祐貴が肉を解《ほぐ》すのに奏一が悲鳴を上げる。

「どのくらいかわいいこと言ってるのか、わかってる？」

「あ……っ、ん……っ」

「ごめんね、もう俺、無理」

不意に、祐貴は奏一の中から指を引き抜いた。

「……祐貴、くん？」

濡れた祐貴のものをそこにあてがわれて、奏一がただ不安で名前を呼ぶ。

「俺のこと、ちゃんと、好き？」

入り口を熱で擦りながら、祐貴は奏一に訊いた。

「教えて、かなちゃん」

問われて、胸にある気持ちを答えたらどうなってしまうのか、わからないほど奏一も愚かではない。

髪を撫でられ、瞳を合わせられて、奏一は随分と祐貴を待たせた。

恐れは間違いなくあったけれど、どんなに逃れようとしても答えは一つしか見つからない。

「……ちゃんと、好きだよ」

息を吐くようにして伝えた奏一の唇に、祐貴は唇を重ねた。

抱きしめられてそのまま、祐貴を奏一が受け入れる。

「……うっ、ん……っ」

「力、抜いて」

「無理……っ」

「傷つけたくないから、息、吐いて」

息を詰めた奏一に、祐貴は囁いた。

泣いて言われた通りにした奏一の中の、さっき指で探っていた場所に、祐貴が辿り着く。

「あ……っ」

戦慄《わなな》いた声が痛みを教えているのではないと知って、祐貴はゆっくりと、奏一の体を抱いて揺らし始めた。

「ゆう、き、くん……っ」

縋《すが》るように奏一が、繰り返し祐貴を呼ぶ。

我を無くす奏一に祐貴は、行為に夢中にならないように必死で自分を留めた。それが却って奏一を追い詰めていることにまでは、祐貴は気づけない。

長い情交に奏一は何度も泣いて、祐貴はその度に涙に口づけた。

横浜のアパートから海は遠くなかったけれど、奏一《そういち》はわざわざ出掛けることはなかった。

「かなちゃん、日曜日忙しい？」

いつものように歌った奏一に、ある日、遠慮がちに幼い祐貴《ゆうき》は尋ねてきた。

「どうして？」

「俺、ここに越して来てから、ちゃんと海に行ったことないんだ」

それが、祐貴の願い事だと、奏一はすぐに気づいた。

「俺もだよ。行こうか、海」

「本当⁉」

酷《ひど》く嬉しそうに、祐貴は笑った。

「できれば港じゃなくて、砂浜のあるところに行きたいなあ」

海と言われたら奏一も欲が出て、自分の希望を呟いた。

「いつもの歌みたいだね」

「そう」

祐貴も覚えて、時々一緒に歌うその歌のような浜辺を訪ねたいと、奏一も笑った。

「じゃあ、約束だよ祐貴くん。日曜日」

「約束！」

小さな指切りを、二人は交わした。

そうして安心したのか、祐貴に眠気が差した。

「……かなちゃんは大学卒業したら、何になるの？」

いつもの祐貴の、質問が始まった。

眠いけれど奏一を引き留めたい、そのための質問だ。

「小学校の先生になるよ」

現状ではまるで違う方向に進路が動いていたけれど、奏一は望みを口にした。

「俺小学生！」

得意げに、祐貴は笑った。

「そう、祐貴くんみたいな子と、歌ってたい。ずっと、こんな風に歌ってられたらいいのになあ」

ぼんやりと奏一は、独り言のように言った。

何処《どこ》かに囚われていく奏一の気持ちを引き留めるように、祐貴はそのシャツの裾を摑んで引いた。

「なら、俺はずっとそれを聞くね」

眠そうな声が、必死で奏一に告げた。

「ずっと、聞いてる」

もう一つの大切な約束を、祐貴は奏一にくれた。

海に行こうという約束は、果たされなかった。奏一《そういち》は親戚に急な不幸があって実家に三日ほど帰り、アパートに戻ったとき祐貴《ゆうき》はもう既に引っ越したあとだった。

薄いカーテン越しに入る朝の光が、波のようだと、祐貴に後ろから抱かれながら奏一は思った。

「……祐貴くんの、嘘つき」

繰り返し泣いて喘《あえ》いだ声が、掠《かす》れる。

「何が？」

もう起きていたのか、祐貴は普通に尋ね返してきた。

「結構、酷かった」

動かない体で、奏一が祐貴を責める。

「気持ち良くなかった？」

体を起こして、耳元で祐貴は訊いた。

「生意気な口きくなよ」

拗《す》ねた口をきいた奏一の唇に、祐貴が唇を重ねる。

触れるだけのキスを解かれて、奏一もようよう体を起こした。

裸で起き上がると部屋は寒くて、それに気づいた祐貴が毛布ごと奏一を包んで胸に抱きしめる。

「きれいな朝だね……。ねえ、祐貴くん」

ぼんやりとカーテンの方を見て、奏一は祐貴を呼んだ。

「何？」

「海に行こうか」

「浜辺のある、海？」

迷わず祐貴が、穏やかに尋ねる。

「覚えてた？」

そのことに奏一はもう、驚かなかった。

「ずっと、一緒に行きたかったよ」

指切りをした祐貴の小指を、奏一が探す。小指を奏一は、そっと絡《から》めた。

「あした、浜辺を」

躊躇《ためら》いなく、不意に奏一の唇が、いつも祐貴に歌っていた調べを、奏でる。

「さまよえば」

辿々《たどたど》しくだけれど、八年ぶりに奏一は、歌を、歌った。

強く、祐貴の腕が、奏一の体を抱き竦《すく》めた。

なら、俺はずっとそれを聞くね。

いつでも気丈だった祐貴が泣いているのがわかって、幼いその声が奏一の耳元に返る。

ずっと、聞いてる。

長いあの約束を、祐貴は果たしてくれた。

ただ愛おしさに、奏一が祐貴の涙にキスをして、髪を抱く。

幼子を惜しみながらそれでも遠い少年の指をやっと放して、恋人への口づけを、奏一は祐貴に渡した。

# 小さな君の、指を引いて

Chiisana kimi no,
Yubi wo hiite

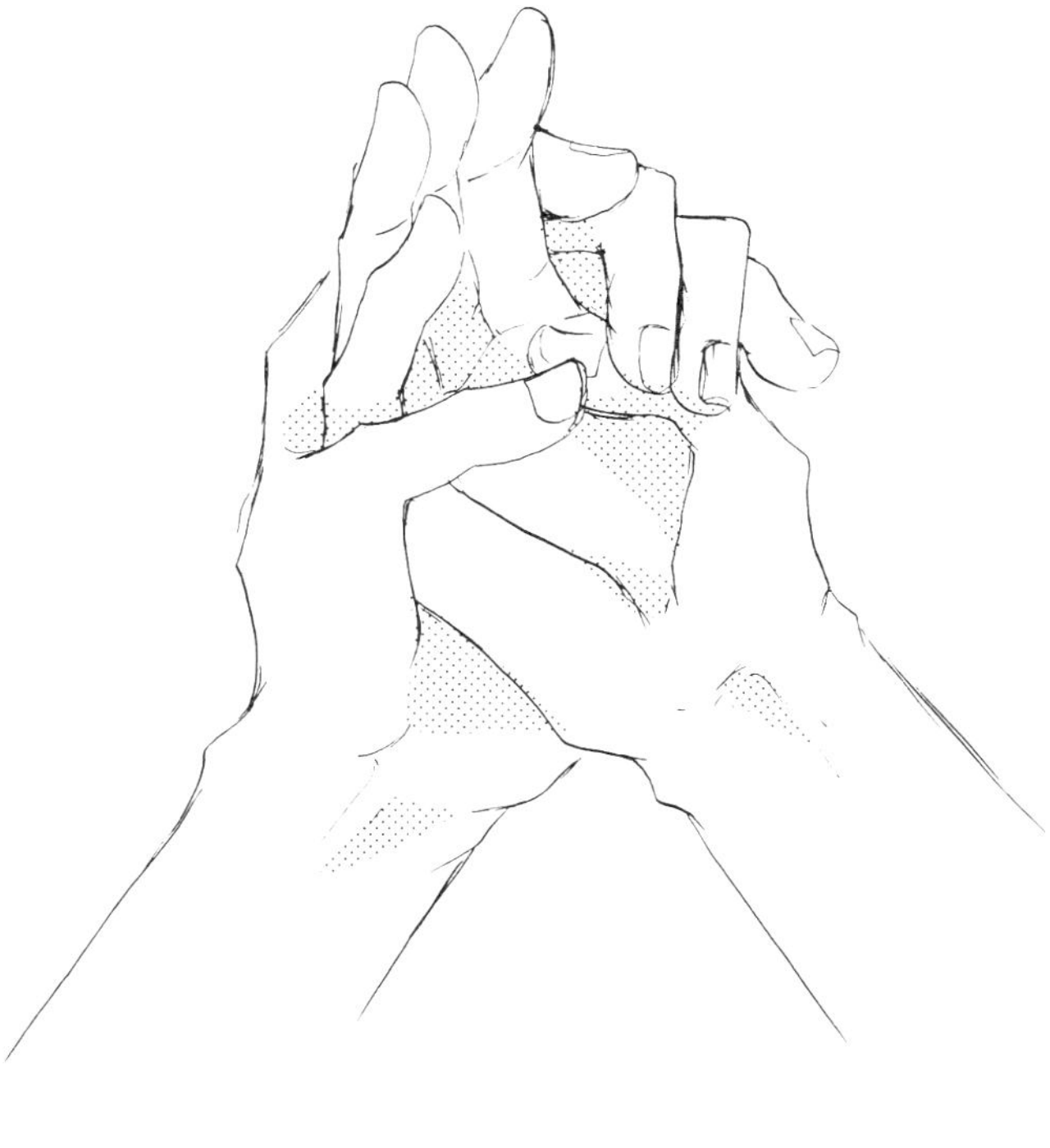

抱き合った翌日、少し遠くへの電車に乗って、倉科奏一《くらしなそういち》と志津祐貴《しづゆうき》は浜辺のある海へ出掛けた。

長い長い約束をお互いに果たして、海辺をゆっくりと歩いて、帰りの電車では奏一はすっかり疲れて祐貴に寄り掛かって眠った。大学とアパートのある都下の駅の少し手前で、祐貴はそっと奏一を起こしてくれた。

つまらないことでたまに喧嘩をしたりしながらも結局は笑って終わって、時折奏一は祐貴に小さな声で子守歌を歌い、離れていた分を取り戻すように寄り添うように過ごしていたら、いつの間か春が匂い始めた。

大学の春休みは、思いの外膨大に長い。

後期試験やレポートが早く上がった学生は、休みが二カ月に及ぶこともある。

「訊いてみたいんだけど。二十六歳が十八歳と、何話すの？」

一部の校舎や図書館は春休み期間中も開いていて、カウンターの中で書類を整理していた奏一は、同僚の宮野由紀恵《みやのゆきえ》にみんなが思っているけど訊かずにいる疑問を突然率直に投げかけられて、書類を取り落とした。

「……なんですか、いきなり」

春休みに入って祐貴は重宝がられているバイト先でよく働き更には幹本《みきもと》教授の使い走りもまだしていたが、それでもなお時間が余るそれが大学生の春休みだ。

その大学生らしい暇な時間を、祐貴は今まさに大学図書館の閲覧ルームで本を読みながら奏一を待って過ごしている。奏一は学食で待たせたいが、学食は春休みは開いていない。

「だって、また倉科くんのこと待ってるから。あの幹本教授のとこの子。志津くん」

とうとう祐貴は、奏一の親しい者として、同僚の間ですっかり名前を覚えられてしまった。

「もう十九歳になりましたよ……志津くん」

屈んで書類を拾い集めながら、言っても意味がないことを奏一が口にする。

「そしたら倉科くんは、二十七歳になったんでしょ？　自分だけ時間止められないもんね。八つも年下の子と、何話すのか興味があるだけよ。ただの興味本位」

一時は奏一に気があるようなことを言ってくれた由紀恵だが、随分さばさばした性格で、もはやそんなことがあったことなど思い出させもしない言い様だった。

「あの子、一年生の中ではかなり大人っぽいし勉強熱心だけど、でもこの間まで高校生だったって感じは充分するわよ」

「そうですか？」

言われるまで、奏一はそんなことを考えてみたことがなかった。

祐貴が八年前の小学生だと気づくのに時間が掛かったのは、そんな想像にも及ばないほど現在の祐貴が大人びていて、大学一年生にしてはしっかりし過ぎていたからだ。

「あのぐらいの歳のちょっとできる系の子が、同級生と話すより年上に懐くのはすごくよくわかるの。得るものあるもんね」

わかるという由紀恵の言葉の意味が、奏一にはすぐには飲み込めない。

「俺なんかと話しても、志津くんに得るものあるとは思えないですけどね……幹本教授の国語史学の話なんか、俺ちんぷんかんぷんだし」

たまに熱心に祐貴は国語史学とやらの話を奏一にも聞かせるけれど、逆に奏一は興味深く祐貴から学ぶばかりだ。

「勉強のことじゃなくて」

物わかりの悪い奏一に、由紀恵は呆れたように肩を竦《すく》めた。

「倉科くんは経験ないの？　あたしは自分がそういう時期があったからあの子の気持ちはわかるの。大学の頃なんて、同級生はものすごく子どもに見えたし、年上の友達がいる自分が得意だったりしたわ。そんな年頃よ」

「そうですか……」

大学時代の奏一はまだまるで成熟していなかったし、全くそれどころではなかったので、由紀恵の言うことはなんとなく理解できる程度の感情だった。

「でも倉科くん面倒見がいいようにも見えないし。あ、ごめんごめんつい本当のことを」

思ったまま見たままを言う由紀恵に、奏一も書類を掴んで揃えながらただ笑う。

「だから倉科くんは、あの子と話してて何か楽しいのかなって。こんな言い方したら志津くんに悪いわね。楽しそうに見えるから、それどの辺なのって。ホント、これは単なる興味」

時間を掛けてゆっくりと、奏一は由紀恵の聞きたいことを理解した。

何故にそんなに時間が掛かったかというと、現在の奏一と祐貴の関係は、由紀恵が想像するようなものからはかけ離れていたからだ。

由紀恵は、奏一が祐貴に何かを与えることはわかるけれど、奏一は祐貴から一体何をもらっているのだと恐らくは訊いている。

しかし実際、クリスマスに恋人同士になった奏一と祐貴の在り方は、由紀恵の言うことと真逆だった。

八つも年下の祐貴に、奏一はリードされるばかりだ。その自分の手を引いてくれる祐貴に奏一はだいたいを任せていて、何をしていても楽しいし、祐貴は奏一一人では行かなかったようなところに行こうと提案してくれたりする。

興味深い話を聞かせてくれるのも、ほとんどが祐貴だ。

奏一が祐貴にしてやれていることと言えば、たまに子守歌を歌うことぐらいだった。

つきつめたら、歌うことだけというところまで考えが行き着く。

愛されていることに、改めて気づく。守られてる、そして自分は祐貴に頼ってる。由紀恵が思っているようには、奏一は祐貴には、何も与えていない。

「……俺」

春の気配が届く図書館のカウンター内で、奏一はぼんやりと祐貴を探した。

「すみません楽しいです」

とにかく祐貴はよく勉強をしていて、今も何か本を読んでいる。

その本は祐貴には、何かしらの力を与えているだろう。自分より余程。

「なんで謝るのよ」

すみませんの意味がわからないと、由紀恵は笑って奏一の肩を叩いた。

「楽しくて、悪いなと思って……」

いつまでもいつまでも、奏一は遠くの祐貴を見ていた。

大人びた面立ちをしているけれど、言われれば確かに、まだ学生服を着せてもそんなに違和感はないかもしれない。

「ごめん。あたしなんか変なこと言った？」

心配そうに由紀恵に尋ねられても、耳には届かず、奏一はただ祐貴を見ていた。


バイトがない日に図書館で本を読んだりレポートを書いたりしながら奏一を待って、そのまま奏一のアパートに来て一緒に夕飯を食べて泊まるというのが、祐貴の最近の時間の過ごし方だった。

ついには祐貴は、拒む奏一を押し切って、バイト代から食費と光熱費まで入れるようになっている。

そのことに奏一は、半年ですっかり慣れてしまっていた。

三日に一度はそんな感じで祐貴が部屋にいて、祐貴の話を楽しく聞きながら夕飯を食べる。それぞれ別に風呂を使い、テレビを観ながらまた話したりするけれど、いつの間にか祐貴は奏一に触れていて自然のことのように抱き合って眠る。

週に二回は多い、ということぐらいが奏一の不満で、それも祐貴の年頃なら仕方がないくらいに思っていた。

「この番組、観てていい?」

家主の奏一は後から風呂を使うことだけは決めていて、髪を拭いながら部屋に入ると、祐貴が珍しく熱心にテレビを観ている。

そんなこともいちいち、祐貴は奏一に伺いを立ててくれた。

「もちろん。なんの番組?」

「さっきつけたら、始まってたんだけど。歴史もの。寛政《かんせい》末期の話だね」

寛政末期などと言われても、すぐには奏一にはわからない。

「何があった頃?」

「本居宣長《もとおりのりなが》が『古事記伝《こじきでん》』を完成させて、そのことをやってる。伊能忠敬《いのうただたか》が測量をしたのもこの頃かな」

国語史学に興味を持ってから歴史を学ぶようになったという祐貴はいつも、こういうことを奏一が尋ねると簡単に答えてくれた。

「世界史でいうと、ナポレオン時代だよ」

「なるほど」

懸命に聞いている奏一の理解していない表情に気づいたのか、祐貴が笑う。

ナポレオンと言われたら、さすがに奏一も、寛政末期がどの辺の年代なのか理解した。

熱心にその番組を観ているあぐら姿の祐貴の隣に、奏一も膝を抱えて腰を降ろす。台所の奥にあるこの部屋は、テレビに本棚ベッドと、生活の全てが詰め込まれた八畳間だ。

楽しそうに祐貴がテレビを観ているので、今は話しかけずに奏一もその番組を観た。

興味深いが、歴史にそんなに詳しくない奏一には少し難しい。

時々祐貴を観ると、随分と夢中だ。

「祐貴くん、俺といておもしろい？」

その番組が終わってテロップが流れ終わるまで待って、奏一は祐貴に尋ねた。

突然の問い掛けに、驚いたように祐貴が奏一を振り返る。

「俺、かなちゃんになんかお笑い要素求めたことあった？」

少し戯《ふざ》けた祐貴は、やはり奏一には随分大人びて見えた。

「そうじゃなくて」

何かを知っているという意味だけでなく、奏一は祐貴に教えられることの方が多いし、祐貴に支えられていると感じることの方が多い。

自分が祐貴に、何かを教えたり支えたりしている実感はないし、恋人になってからの三ヵ月を振り返ってもそんな場面はなんならただの一つも思い出せなかった。

ずっと、祐貴はそんな風だったのだろうか。

いつこんなにも大人になったのだろう。会わなかった八年の間、独りでに祐貴は成長したのだろうかと、不意に奏一にはそれが疑問になり、何故だかわけもなく不安にもなった。

「高校の彼女、別れたのいつだっけ？」

話が変わったのかと思った祐貴が、困ったように首を傾ける。

「高一。つきあって、割とすぐ別れちゃったから彼女って言えるほど一緒にもいなかったけど」

寝てみたら奏一じゃないと思って別れたとは、再会してすぐに聞かされてはいた。

「それ以来ずっと、彼女いなかったの？」

何故今自分がこんなことを祐貴に尋ねているのか、奏一にもよくわからない。

「うん、それきり。かなちゃん探してたから。彼女どころじゃないよ」

真っ直ぐに自分を見て、どれだけ奏一を愛して探していたかを衒いなく語る祐貴の笑顔とは裏腹に、奏一は全くその答えを望んで訊いたわけではない自分に気づかされた。

「と……」

親しい友だちはいなかったのかと訊こうとして、怖くなって奏一が口を噤む。

今現在、大学の中に祐貴の親しい友人の気配がないのは、一目瞭然だ。どうやら祐貴を好きだった女生徒の姿も見たが、無下に祐貴は振り払っていた。

恐らく大学構内で最も祐貴と親しいのは奏一で、下手をすると次に親しいのは教授の幹本だ。それが由紀恵の言っていたようにただ、祐貴がたまたま大人びていて同級生が子どもに見えるという理由なら構わない。

たまたま、祐貴は大人びているのだろうかと、それを考え出したら奏一は何か声が出なくなった。

「どうしたの。昔の彼女のことなんかいきなり訊いて。気になった？　ヤキモチ？」

嬉しそうに笑う祐貴が見せる珍しい子どもっぽさに、ホッとして奏一が笑う。

「誰が妬くか、バカ」

「ちぇー」

口を尖らせながらも祐貴も笑って、奏一の手を取った。

「テレビ、消していい？」

耳元に問われて、その意味を奏一が知る。

いいよと呟くと、リモコンでテレビを消しながら祐貴は唇を合わせてきた。

「ん……」

ゆっくりと解くように、必ず丁寧に口づけから初めて、祐貴は奏一の熱を上げていく。決して傷つけまいとしながらもゆるやかに快楽に導く祐貴にされるままに、奏一はただ身を任せてきた。

「……っ……」

肌を撫でられ、くちづけられて、最後には意識や記憶も危うくなり、何もかもを祐貴に任せている。

ただ祐貴の腕に、奏一は抱かれているだけだ。

冬の間奏一は、それを当たり前のように受け入れていた。そうして全てを包んでくれるのが祐貴なのだと、受け止めていた。

「……ゆう、き、くん……」

いつ祐貴は、こんなにも大きな男になったのだろう。それは体だけのことではなく。

「なに、かなちゃん。ベッドで聞くよ」

自然に手を引かれてベッドに横たえられて、灯りも祐貴が消した。

いつでも奏一は、祐貴のなすがままに抱かれているだけだ。

「待って……」

喉元を吸われて、奏一が小さく声を上げる。

何か祐貴と、話がしたかった。まだ何も祐貴をわかっていないような不安に、囚われて動けないでいた。

「……待てない」

パジャマの前を開けられて愛撫を繰り返されるうちに、奏一も声を漏らすまいとするのに必死になる。

それでも頭の隅に、何かが引っかかった。

再会するまで祐貴がどんな風に過ごしていたのか、奏一は知らない。

どんな風に、誰とともに、さよならもなく別れた十から再会する十八歳までの、最も多感だったはずの時期を祐貴は生きていたのだろうか。

「……っ……」

いつもよりずっときつく、奏一は祐貴の背にしがみついた。

「……そんな風にされたら、なんか求められてるみたいで手加減忘れちゃいそうだけど。俺」

冗談めかしながら祐貴の熱が上がるのが、奏一にもわかる。

けれど、今奏一に触っている感情は決してやさしいものではなくて、それを振り払うように奏一は祐貴の背をひたすらに抱いた。

急に同僚から休みを変わって欲しいと頼まれて、奏一《そういち》は突然丸一日時間が空《あ》いた。

特に約束しているわけではないが、連絡をすれば祐貴《ゆうき》はすぐに都合をつけて会いに来てくれるかもしれない。

けれど何故だか携帯を取り出す気にもなれず、奏一は当てもなく春の花がほころび始めた往来を歩いた。

「お年寄りと変わんないっていうか……本当に無趣味だな、俺。こうしてみると改めて」

前の大学をやめて実家で休んで、今の大学を受験して司書の資格を取るのはそれなりに大変ではあった。

真面目さを買われて大学に引き留められる形で大学図書館の司書になったものの、最初の一年は仕事を覚えるのに必死だった。

思えば奏一にしてみれば、ようやく落ち着いたところで祐貴が現れたのだ。

こんな風に暇だと、思い知るのは随分久しぶりかも知れない。

この数ヵ月は、自然のことのように祐貴が傍らにいてくれて、奏一はただ心地よかった。

けれど、自分を盲信して慕ってくれる祐貴といるのが心地よいのは当たり前のことで、何故《なぜ》だか少し祐貴を離れなくてはいけないような気がして、奏一は大学とアパートの間にある公園のベンチで一息ついた。

「……そろそろ桜が咲くな」

もうすぐ、日が傾き始める。それでも随分と日は、長くなった。気温も上がって、桜の蕾も朗らかに赤い。

「さくら、さくら」

子守歌を祐貴に歌っているせいで、八年ぶりに歌う癖がいつの間にか奏一に戻っていた。

無意識に、桜の歌を歌ってしまう。

子どもの頃は微笑ましく聞いてくれていた大人達にも、高校生くらいから「また歌ってる」と、叱られるようになった。なるべく人のいないところと意識をするようになったが、ぼんやりすると奏一は外でも気づかずに歌ってしまう。

揶揄《からか》われたことももちろん何度もあるので、それで消極的な部分が育ってしまったところもあった。

不意に、奏一の耳に懐かしいアルトリコーダーの調べが、歌にきれいに重なった。

しばらく気づかずに気持ち良く歌っていたが、はたと何処《どこ》からそのリコーダーの音がするのかと慌てて、辺りを見回す。

「続けて」

声の方を見ると、リコーダーを持った少女が不満そうに奏一を見て言った。

「歌ってよ」

少女はとても美しい容姿をしていたが、どう見てもランドセルを背負っている。

「やっとわたしのリコーダーにふさわしい歌声を見つけたわ」

「き、君何⁉」

強引で高圧的な命令口調に驚いて、奏一はベンチの背に張り付いた。

「いいから歌いなさい。他には何が歌える？」

その言葉に、奏一は聞き覚えがあった。

初めて大学の中庭で峰崎俊司《みねさきしゅんじ》に歌を聴かれたとき、同じようなことを言われた。

他には何が歌えるんだ？　もっと聴きたい。もっと歌え。

もっとも峰崎は、奏一よりも年上の、大分存在感のある大人の男だったが。

「光栄に思いなさい。あなたをわたしのパートナーにしてあげる」

だがどう大きく見積もっても小学校高学年の少女は、峰崎と全く変わらない態度で奏一に接する。

「あの」

「歌いなさい！」

反論の余地のない声とともに、少女は大きく舌打ちをするとリコーダーを吹き始めた。

出だしを聴いてすぐに、「冬景色」だと奏一が気づく。

「……あ、この歌好きだ」

「そうでしょう?」

奏一が呟くと少女は、また頭から冬景色を奏でた。

「さ霧《ぎりき》消ゆる湊江《みなとえ》の、舟に白し朝の霜」

思わず奏一が歌うと、少女が嬉しそうに笑ってベンチの隣に座る。

「ただ水鳥《みずとり》の声はして、いまだ覚めず岸の家」

全く少女はリコーダーを止める気配がなく、奏一もその音が心地よくてつい続きを歌ってしまった。

フルコーラス歌うのだろうかと惑うこともできず、ただ気持ち良く奏一も先を歌う。

「若《も》し灯火の漏れ来ずば、それと分かじ野辺の里」

「よく最後まで歌えたわね!」

余韻たっぷりにリコーダーを奏で終えて、少女は完全にかなり上から奏一を称えた。

「すみません。この歌好きなもので」

「もう少し高いところを思い切り歌いなさい」

「でも……ここは公園なので」

「でもじゃありません!」

そんなに大きな声で歌うわけにはと怯《ひる》んだ奏一を、思い切り少女が叱咤《しった》する。

「さあ、何が歌いたい？　なんでも言ってみなさい」

「冬景色はもう終わる頃だと思うので、早春賦《そうしゅんふ》とか……」

「いいわね、早春賦」

「いやちょっと待って、君は誰？」

「なんなの？　そのここは何処わたしは誰みたいなどうでもいい台詞《セリフ》。それとも記憶喪失なの？」

どれだけ彼女の頭がよく回るのかわからないが、奏一のペースでは会話さえ成り立たない。

「でもそうね、お互いこれから長いパートナーになるのだから名前くらいは必要だわ。わたしは雪森巴《ゆきもりともえ》。桃井第二小学校の、四月から五年生よ。このくらいでいいかしら。あなたも簡潔に自己紹介しなさい」

「長いパートナー……？」

「あなたはわたしに選ばれたのよ。光栄に思ってちょうだい。名前は？」

「倉科奏一《くらしなそういち》……そこにある大学の図書館司書です」

自分がこういうタイプの人間に流されてしまうところが全く成長していないことに、さすがに奏一は気づけなかった。

巴の存在感は、異彩を放ちすぎている。

「職業なんかどうでもいいわ。そのうちやめてもらうから。いくつ？」

「二十七歳です」

「思ったよりいってるわね。まあしょうがないわ。わたしたちは出会うべくして出会ってしまったのだもの。知ってる？　人間の肉体の器官の中で、喉だけは鍛えていれば老化しないのよ。毎日発声練習してね」

そう言いつけると巴は、問答無用で早春賦を奏でだした。

自分で曲名を言ったのだから、奏一はそもそも早春賦が好きだ。しかも巴のリコーダーは本当に見事で、合わせて歌わずにはいられない気持ちになる。

「春は名のみの風の寒さや。谷のうぐいす歌は思えど。時にあらずと声もたてず。時にあらずと声もたてず」

結局フルコーラス、奏一は早春賦を歌ってしまった。

「わたし、ピアノ教室に行かなくちゃ。残念だけど今日はここまでよ。次のレッスンはいつにしましょうか？」

「レッスン？　次の？」

自分の都合のみで行動する巴は、決定事項として次回を予告する。

「わたしと組んだら、あなたはパバロッティよりお金持ちになれるわ」

「パバロッティ？」

「どうしていちいち聞き返すの⁉　苛々《いらいら》するわわたし時間の無駄が嫌いなの！　ルチアーノ・パバロッティより有名にしてあげるって言ってるのよ‼」

「僕は……オペラは眠くなって……」

さすがにパバロッティの名前は奏一も知ってはいたが、とてもじゃないが自分がそうなれるとは思わないし特になりたくもない。

「喩《たと》えよ。わたしもオペラは好まないわ。それにあなたテノールじゃないし。ただ、パバロッティと同じなのは神に祝福された歌声だってこと」

「随分大袈裟《おおげさ》だね」

「ちなみにわたしは神様なんか一切信じてないけど」

どうやって巴と会話をしたらいいのか全くわからずに、奏一は笑顔のまま固まった。

「高音を鍛えてきて。明日もこの時間に来れる？」

「明日は無理です。仕事なので」

さすがにそのくらいはなんとか刃向かうことができて、奏一が首を振る。

「仕事なんか今すぐやめてもいいのよ」

「やめられません」

「なら次はいつ来れるの」

巴に奏一は、逆らう力がまるでなかった。

「……わかりました。明後日来ます」

「じゃあ明後日、この時間にここで」

言い置くと巴は丁寧にリコーダーを解体してしまい込み、さっさとベンチを離れて行く。

「またね」

一度だけ振り返ると巴は、初めて少しだけ微笑んで奏一に告げた。

「はい」

何故だかしまいにはすっかり敬語になって、奏一が頷いて顔を上げると、もう巴はいない。

疲れ切ってぐったりと、奏一はベンチにもたれた。


大学の春休みも後半に差し掛かり桜も咲く頃、巴《ともえ》言うところの公園でのレッスンは既に三回目を数えていた。

高音を出し切らないことをいつも奏一《そういち》は巴に酷《ひど》く叱られるが、公園には人がいることももちろんある。

二回目が終わったときに問答無用で「次は」と言われて、さすがに奏一は断ろうかと思ったが、あまりにも巴は暴君だ。奏一になどとうてい逆らえない。

けれど三回目の約束を守ってしまったのは、何も巴が子どもだからでも強引だからでもなかった。

巴のリコーダーの音は本当に美しいし、それに合わせて歌えるのが奏一にも楽しい。何より巴の選曲は、いつでも奏一を驚かせるくらい魅力的なものだった。

「朧月夜《おぼろづきよ》」、「春の小川」、「夏は来ぬ」、「この道」と続けられて、次は何を歌わされるのかと奏一ももはや楽しみになっている。

少しの、息抜きの時間にもなっていた。

祐貴《ゆうき》とだけ過ごして、祐貴のことだけを、考えてしまう時間からの。

「どうしたの？　かなちゃん」

夕飯を、奏一のアパートの台所で取っていた祐貴が、不意に訝《いぶか》しげに訊いた。

夕飯といっても、今日はたまにどうしても食べたくなる、卵の殻《から》でダシを取ったインスタントラーメンだ。祐貴が作るときは、決まってそのラーメンになった。卵の殻は菌がついている可能性があるからよく洗うんだよと毎回しつこく奏一が言うので、うるさいよと祐貴は笑う。

「かなちゃん」

「え？」

お互いラーメンを食べ終えて、もう一度祐貴に呼ばれて奏一はようやく顔を上げた。

「ああ、ごめんごちそうさま。洗い物俺がするね」

今日も巴と歌った歌を思い出していた奏一が、慌てて手を合わせて器を片付ける。

「なんか笑ってたよ。今。一人で」

シンクの前に立って水を出した奏一に、テーブルについたまま祐貴は言った。

「え？　あ、ああちょっと思い出し笑い……」

言われれば笑っていた自覚はあって、ごまかせもせずに器二つばかりを丁寧に洗いながら奏一が答える。

「珍しいね。職場で何か楽しいことあった？」

それこそ珍しく棘《とげ》のある声を、祐貴は投げて寄越した。

「なんだよ。不満そうだな」

簡単に洗い終えてしまった器を拭いて、手を拭うと仕方なく奏一は祐貴に向き合って座り直すしかない。

「かなちゃんが楽しそうなのは俺といるときだけなのが、俺の自負なの」

大人びた顔に似合わない、あまり見せないふて腐れた表情を祐貴は見せた。

「最近時々、かなちゃん何してるかわかんない時間がある」

「どういうこと？」

意味がすぐにはわからなくて、奏一が尋ね返す。

何故《なぜ》だか少し、祐貴は頬杖ついて黙り込んだ。

「かなちゃん割と、決まった行動しかしないでしょ。アパートと大学と、スーパーとみたいな」

「……言われて見れば」

自分でも気づいていなかったその狭い行動範囲を教えられて、奏一は目を瞠った。

「気持ち悪いだろうけど、俺いつも、今頃かなちゃん何処で何してるって把握してるんだよ」

「ごめん、それちょっと本当にやだ俺」

バツが悪そうに言われても、さすがに奏一もそれは受け入れられない。

「しょうがないじゃん。俺いつもかなちゃんのこと考えてるんだから。でも最近、たまにかなちゃん俺の中で行方不明になるときがあるんだよ。何してんの？」

結局のところ尋ねたいのはそのことだったのか、居直るというよりは堂々と、真っ向から祐貴は訊いてきた。

「……祐貴くんも、同期にちゃんと友達作りなよ。あと三年もあるんだから、大学生活。同い年の友達とのつきあいも、楽しいよ。きっと」

ふと奏一の口から、ここのところ祐貴に言おう言おうと思いながら言えずにいた言葉が、零《こぼ》れ落ちる。

テーブルに向き合ってまるで会議のようになりながら祐貴は、あからさまに顔を顰めた。

「なんでそんなこと言うんだよ……俺はかなちゃんがいればいいんだよ。ずっとかなちゃんのことだけ考えてたんだから」

不満というより、祐貴は少し不安そうだった。

「同僚に、仲良しできたの？」

祐貴の心配の方向が結局自分に向いたことに、思ったままを伝えられなくて奏一が溜息を吐く。

しかしそもそも、奏一は自分が何を思って祐貴にそんなことを言ったのか、自らもきちんとはわかっていなかった。

「いや、同僚とは相変わらずの距離感で。宮野《みやの》さんが少し気にしてくれるっていうか……揶揄ってくれるだけで」

本意ではなく自分の話になってしまったけれど祐貴のことに戻せないまま、奏一が呟く。

「じゃあ、何思い出して笑ってたの？」

まだそこに拘《こだわ》っている祐貴に、発端がなんだったのかを思い出したら奏一は少しおかしくなって笑ってしまった。

「意外と束縛《そくばく》系なんだ？」

祐貴が気にしている奏一が無意識に微笑《ほほえ》んでいた相手は、小学生の巴だ。奏一は笑うしかない。

「嫉妬深いよ、言っとくけど。それだけかなちゃんには執着《しゅうちゃく》してたからね、ずっと。一人で八年も」

その八年のことが、ここのところ奏一は気になって仕方がなかった。

けれどどうしても、容易には尋ねられない。

「かわいいお友達ができただけだよ。そんな心配するようなことじゃないって」

上手く自分から祐貴に水を向けることができないまま、とりあえず祐貴が拘っていることを氷解させようと奏一は簡単に打ち明けた。

「かわいい友達？」

「小五の、女の子。リコーダーの天才で、歌のレッスン受けてるんだ。俺」

今日の巴の不思議な命令口調を思い出したらやはりおかしくなって、奏一が笑ってしまう。

だが祐貴は奏一の話を聞いても、表情を変えなかった。

「小五ってさ……俺とかなちゃん出会ったときと、ほとんど変わんないよね」

「そういえばそうだな」

そう言われて改めて、夏の間を過ごした祐貴と巴が同い年だと奏一も気づく。

巴はあまりにもしっかりし過ぎていて、出会い頭にラーメンを床にこぼして泣いていた祐貴とはかけ離れていたので、奏一はそのことに思い至らなかった。

「あんなだったかな、祐貴くん。巴ちゃんの方が、悪いけどあのときの祐貴くんより全然しっかりしてるよ。すごくかわいかったのに、すっかり大きくなっちゃって」

少し少年の祐貴を惜しんで、奏一が苦笑する。

「がんばって大きくなりましたから。……巴ちゃんっていうの？」

「そう。雪森巴《ゆきもりともえ》ちゃん。桃井第二小学校の、四月から五年生」

巴のことを思い返すといちいちおかしくて、奏一は名前を言いながらまた笑ってしまった。

「かわいいお友達か」

それでもまだ、祐貴の暗い顔は直らない。

「あのさ、かなちゃん」

どうしてそんなに祐貴は不満げなのだろうと奏一は、笑うのをやめて祐貴を見つめた。

「なんで懲《こ》りないの？」

突然、祐貴が奏一を咎める。

「何が？」

首を傾けて、意味を奏一は訊いた。

言うのを躊躇《ためら》うように、祐貴がらしくなく俯く。

「子ども、舐めたら駄目なんだよ」

思い切ったように、祐貴はまた奏一を見た。

「何言ってるんだよ」

相手にせずに、奏一が肩を竦める。

「巴ちゃんはちょっと変わってるけど、まだ十歳かそこらだ。本当に子どもだよ。そんなことより……」

むしろ奏一は、自分のことばかりでいっぱいになる祐貴を、やはりどうしても放ってはおけなくなった。

「祐貴くん、サークルとか入んないの？」

「二年になるのに、今から？」

何を言い出すのかと、祐貴が不思議そうに問い返す。

「何か、興味あることないの？」

実のところ自分も大学時代サークルには入っていなかったが、それは隠してなおも奏一は訊いた。

「国語史学と、日本史全般」

あっさりと、祐貴からは簡潔に答えが返る。

「そしたら、日本史研究会とかあるよ」

「勉強と読書は自分のペースでしたいよ」

もっともとも言える言い分を告げられて、奏一もそこは同じタイプなので更に勧めることはもうできなくなった。

「でも」

そもそも自分は、祐貴にサークルに入れと言いたいわけではないことに、言い澱みながら気づく。

「何？」

少し苛立ったように、祐貴が先を急いた。

「大学、あと三年。俺といるだけなのは良くないよ」

思っていることを、精一杯のやわらかい言い回しを探して奏一が明かす。

「……どうしてそんなこと言うんだよ」

別れを切り出されたほどの顔をして、祐貴は奏一を責めた。

「だって」

何故と言われると、奏一も理屈だてては理由を綴《つづ》れない。漠然《ばくぜん》と、良くないと思っているだけだ。

「なんとなく、思うんだ。祐貴くんに俺しかいないのは……良くない」

いつからこんなことを考え始めたのだろうと自分でも不思議に思って、由紀恵《ゆきえ》と話したときからだと思い出す。

「何が？　具体的に言ってよ」

「上手くは、言えない」

「どうしちゃったの？　かなちゃん」

いつもの軽い諍いとはまるで違う口論になりかけていることに、奏一は焦りを覚えた。

唐突に祐貴を不安にさせるような理不尽なことを、根拠もないのに言い出したのは自分だ。

どうしてと問う祐貴を、納得させられる自信は何処にもない。

「あのとき、お母さんの再婚で引っ越したんだよね。俺が留守の間に」

この己の中にある祐貴への漠然とした不安は何処から来るのだろうと探るうちに、自然と奏一は、ほとんど無意識のように祐貴に尋ねていた。

「そうだよ。今更どうしたの、突然」

「……祐貴くんは」

さっきから、いや、由紀恵に祐貴のことを問われてからずっと訊こうとして怖くて訊けずにいた問いが、奏一の唇を離れる。

「どんな風に、過ごしてた？　十歳から、十八歳まで。去年もう一度俺と会うまで」

「ずっとかなちゃん探してたよ」

思い切って問うと、すぐさま祐貴からは当たり前だというような言葉が戻って来る。

「それ以外のことは？」

恐る恐る祐貴を見て、奏一は訊いた。

「俺を探す以外に、何か」

やはり、訊くのが怖い。

「もし何か祐貴くんにいいことがあったなら……それを、教えて欲しい」

それでも訊かなくてはと奏一は、ゆっくりとだけれどはっきりした声で、祐貴に尋ねた。

言葉を、確かに祐貴は聞いている。

ただ、さっきまでのように、毅然《きぜん》とした答えはもう返らなくなった。

「どうして黙っちゃうの？」

本当は深追いしたくなかったけれど、今を逃したらもう機会を失う気がして、必死に奏一が続ける。

「何も、なかった？」

あったという言葉を聞きたがる奏一の声が、掠《かす》れた。

もう祐貴は、奏一の目も見ようとしない。俯いて頬杖をついて、声を発する意思さえ見せようとしなかった。

長い沈黙が、二人の間に降りる。

こんなも重く気まずい沈黙は、再会してから初めてだった。

「言ったはずだよ。俺は」

ようよう、先に静寂を壊したのは祐貴だ。

「かなちゃんとの時間だけが……八年間、俺の支えだったたって」

けれど渡された言葉は、やはり奏一の望んだものではなかった。


公園の桜の固い蕾《つぼみ》も、ついにほころび始めた。

「どうして今まで気づかなかったのかしら。あなたにぴったりの歌があったのに」

ベンチに隣り合って腰を下ろしたまま、荒城の月という高いハードルを奏一《そういち》に跳ばせ終えて満足げな巴《ともえ》は、不意にリコーダーを構え直した。

冒頭を奏でられて、奏一にもその歌がなんなのかすぐにわかる。

「どうして歌わないの。まさか『浜辺の歌』を知らないわけじゃないでしょうね」

「知ってます。一番好きな歌です。先生」

二回目に「巴ちゃん」と気安く呼んで逆鱗《げきりん》に触れて以来、奏一は巴を「先生」と呼び改めていた。

「季節外れ過ぎて気づかなかったわ。好きなら存分に歌いなさい」

「待ってください」

もう一度リコーダーを構えようとした巴を、慌てて奏一が止める。

「その歌は……歌いません」

巴の奏でるリコーダーに合わせて、浜辺の歌を歌ってみたい気持ちは奏一にもあった。けれど、その歌をどれだけ大切にしている者がいるか奏一はよく知っているので、ここで歌うのは祐貴にすまない気がした。

「理由を簡潔に述べなさい」

「君どういう本を読んでるの……？　児童書とかちゃんと読んでる？」

「無駄話をさせるつもり？」

「あ、ごめんなさいそんなことはどうでもいいです。ええと」

もうリコーダーを吹きたくて堪らない巴は、せっかちに奏一を睨《にら》んでいる。

とてもきれいな、澄んだ瞳をして。

どれだけ大人びて見えようと子どもの瞳は、なんの比喩《ひゆ》でもなく美しい。白目が青みがかるほど、透明だ。

「僕には大切な人がいて、その歌はその人のための歌なので」

祐貴に抱かれて眠るときに大抵は奏一にはそんな余裕はなかったが、抱き合う前に時々祐貴はその歌を乞うことがある。

歌って聴かせてやると、奏一も変に安堵した。

あまりにも祐貴が、愛しそうに安らかそうに、大切そうにその歌を聴くので。

「だから、よそでは歌わないんです。ごめんなさい」

「……大切な人って、誰？　ここがよそってどういう意味？」

不意に、巴はいつもと違う顔をした。

いつも毅然《きぜん》としてほとんど笑いもせず、淡々とリコーダーを吹いて奏一に音楽指導をする巴は決して見せなかった表情だ。

心細そうな、頼りなさそうな、悲しそうな。

「先生？」

「あなたはわたしのパートナーよ。わたしのパバロッティなのよ。わたしの他に大切な人がいては駄目よ」

「そんなこと言われても……」

内容はいつもと同じ無茶で強引なものだが、巴の声は奏一には驚くほど弱って聞こえた。

「わからないの？　わたしたちが出会ったのは運命なの。あなたはわたしのものなの。わたしの他に、あなたに大切な人なんかいりません」

そうまで言われてようやく奏一は、祐貴の言葉を思い出した。

子ども、舐めたら駄目なんだよ。

もしかしたら自分は、舐めすぎていたのかもしれない。よりにもよって、この、雪森巴《ゆきもりともえ》を。

「僕は……」

多分もうこれ以上巴と会っては駄目だとさすがに奏一も気づいて口を開いた刹那《せつな》、公園に上品な身なりの女が駆け込んで来た。

女に目を奪われたのは走ってきたせいだけではなく、女がそんな風に走るような服装をしていなかったからだ。

よそ行きのワンピースに、ハイヒールを履《は》いている。

そんな女が走るのは余程のことがあったからだろうと、自分の状況も忘れて奏一は女を案じた。

「巴に触らないで!!」

だが、突然女に怒鳴りつけられて、奏一は今案じるべきなのは己《おのれ》なのかもしれないということに気づかされた。

「最近巴が、ピアノ教室の日に変に早く出て行くから気にしてたら……綺羅良《きらら》ちゃんのお母さんが心配してさっきうちに来てくれたのよ!」

きららとはキラキラネームもこれに極まれりだと思う余裕などもちろん奏一にはまるでなく、女が般若《はんにゃ》の如《ごと》き形相《ぎょうそう》で巴の腕を摑んで自分の後ろに隠す。

もちろん般若は、呆然としている奏一を思い切り睨《にら》みつけていた。

「巴ちゃんが大人の男の人と公園にいるのを何度か見たけど、親戚か何かなのって。あなたなんなの!?　いい大人が昼間からこんな小さな子どもと何してるの!!」

公園の外まで響き渡る声で責め立てられて、奏一はまともに声も出ない。

ご心配なさるようなことは何もありませんと喉まで出かかったが、そんな言葉で女が納得しないことは明々白々だった。

「お母さん。わたしはもう子どもではありません」

その上巴は、完全に事態を悪化させる言葉を吐いて、奏一と母親の間に立った。

「何度も言うけどあなたまだ九歳よ！　あなたが子どもじゃなかったら地球の誰が子どもだというの⁉」

散々言わされたのだろう言葉で、女は巴ももちろん咎《とが》める。

「あの、すみません僕が配慮が足りませんでした。でもご心配なさるようなことは何も」

「落ちついて聞いてください。お母さん、彼、倉科奏一《くらしなそういち》はわたしの運命のパートナーです」

これは一刻も早く誤解を解かなくては破滅することぐらいは奏一にもわかって、奏一にしてはかなり早口に言葉を並べたが、巴はそこに被せて言い放った。

「運命……ですって？　この人いくつ⁉　二十歳は過ぎてるわよね⁉　あなた！」

「とうに……過ぎておりますが、ですから僕は」

「運命の相手だから、いずれは結婚することになるでしょう。それはどうにも避けられないことです。だって彼はわたしと出会ってしまった、わたしのものなのだから」

思わず立ち上がった奏一の隣に歩み寄って、堂々と巴がもう取り返しのつかないことを母親に告げる。

「誤解です！」

他に、奏一に言えることは何一つなかった。

「この子……女の目をしてるわ……警察！　誰か警察を呼んで‼」

丁度、周囲に人気はほとんどなく、女は自らの携帯を掴んで震える指で警察を呼ぼうとしている。

「どうして警察を呼ばれなくてはならないのですか。お母さん」

最早奏一は、人生が終わったと観念したその瞬間、公園の入り口に立って話を聞いていたと思《おぼ》しき長身の男が三人に近づいて言った。

「うちの娘を助けて‼」

それが誰なのかも全く確かめずに、完全に錯乱《さくらん》している女が叫ぶ。

「落ちついてください。奥さん」

低音の声で女に囁いた、どこからどう見ても住宅地の公園から完全に浮いている全身黒のハイブランドの男は、ゆっくりとサングラスを外した。

「あなた……」

悠々と奏一の隣に歩み寄り、男は巴を丁寧に母親の方に押しやる。

「こんなところに偶然通りかかった、大人の男ですが何か」

テレビで見慣れているのだろう女が、テレビ感覚で峰崎俊司を指さして呼び捨てた。

「峰崎《みねざき》俊司《しゅんじ》!!」

「サインしましょうか？」

「峰崎さん……」

唐突に目の前に現れた男が峰崎であることが、もう人生を終えかけていた奏一の脳にようやく届く。

不意に、峰崎は奏一に肩をやけに強く抱いた。

「俺の恋人が、何か誤解をさせたようですね。申し訳ない」

「こ、恋人⁉」

問い返したのは、奏一と巴の母親と、ほとんど同時だった。

「ええ、倉科奏一は俺の八年越しの恋人です。真性のゲイです。女性を相手に、全く性的機能を果たさない正真正銘のゲイです。大人の女は一切無理です。お嬢さんはまだ幼いので、ギリギリ会話はできたのでしょう。奏一は本当は女が全く駄目です」

とうとうと語られて、奏一にも何故か突然やってきた峰崎が、自分の人生を救おうとしてくれていることくらいは理解する。

「わたし、この人嫌い。あなたの創る歌最悪だわ！　おしつけがましいのよ!!」

「そんなことは自分が一番よく知ってるとも。随分俺を理解してくれているね」

果敢に闘おうとする巴に、悠然と峰崎は笑った。

「何しろ俺は押しつけがましい男だ。君も奏一の歌が気に入ったのか？」

「わたしのものよ。わたしの楽器よ！　そしてわたしの夫となる運命のパートナーよ！」

目の前で峰崎と巴に闘われて、奏一に脳裏を「大魔獣激闘」という文字が横切っていく。

「なるほど、君は俺のものが欲しいと言うんだね？」

「あなたのものじゃないわ！　それはわたしのものよ!!」

かつてないほど必死に、巴は声を荒らげた。

「残念ながら、奏一は既に俺のものだ。俺のパートナーで、俺の楽器だ。何より俺より深く奏一を愛している者はこの世に他にはいない。なあ、奏一」

ここはもう頷くしかないところだと奏一が峰崎を見ると、抱いていた肩を強く引き寄せて、峰崎の手が奏一の頬を抱く。

「……っ……」

一文字も綴《つづ》る間もなく、奏一は唇を唇で峰崎に塞がれた。

桜の咲き始めた昼下がりの公園に、峰崎のくちづけは全くそぐわずに長く深く、ほとんど情交と変わらない濃厚さだった。

「…………！」

散々口腔《こうこう》を蹂躙《じゅうりん》されて奏一が、人形か何かのように突き放される。

「こういうことですから、お母さん何もご心配なく。まだご心配ならもっと濃厚なものをご覧に入れるしかないですが」

母親と巴に向き直る峰崎は息一つ乱していないが、奏一は犯された女とほぼ同一のダメージで息も絶え絶えになっていた。

「う……っ」

そのボロボロの奏一の視界に、巴が初めてきれいな顔を歪ませるのが映る。

「うえーん‼」

驚いたことに巴は、酷《ひど》く子どもらしい声を上げて泣いた。

考えてみれば当たり前だ。別に奏一を好きでなくても、今の峰崎のキスは十八禁レベルの猥《わい》褻《せつ》行為だ。

「行きましょう、巴」

母親もかなりの動揺を隠せないまま、我が娘を抱えて逃げるように公園を去って行く。

足下をふらつかせている奏一の腕を引いて、峰崎はベンチに座らせて自分も隣に腰を下ろした。

「俺はそこそこ忙しい人間だ。三分で立ち直れ」

「……カップラーメンじゃ、ないんですから……俊司さん、あの、助けてもらったことは、一応理解しているんですが」

どうやって立ち直れというのだと口元を押さえて、奏一が俯く。

「あのくらいしてやらないと、もし通報されてロリコン扱いされたらおまえはもう職場も住居も追われることになるぞ。それだけならまだいいが、下手《へた》すると刑務所だ」

「そうですね……軽率でした。ありがとうございます。あの子があんまり支配的なので、つい」

現実を突きつけられて奏一は、改めてさっきの窮状《きゅうじょう》に血の気が引いた。

「あれだけ懲《こ》りてもおまえのその欠点少しも直らないのか。母親の言う通り、確かにあの子は女の目をしてたぞ。気をつけろ」

「おんなのめ」

意味さえも理解したくなくて、奏一の言葉もひらがなになる。

「でも、俊司さんあんなこともし誰かに話されたら困りませんか？　誰にでも一目でわかる有名芸能人なんですよね？」

なるべく峰崎の情報から目を逸らして生きてきた奏一は把握が足りなかったが、クリスマスの居酒屋に居合わせた人々も、先刻の巴も巴の母親も、すぐに峰崎が誰なのかわかった。

「関係者談だとかで、ないことないこと山ほど書かれてるから今更男の恋人の一つや二つ」

「せめて人は一人二人と数えてください」

クリスマス以来になる峰崎が、相変わらずの通常営業なので、ようやく奏一も少しは落ちつく。

「悪かったな。ショタコンのおまえに、大人の男がキスをして」

「いえ、仕方なかったと思い……って俺ショタコンじゃないですよ‼」

不意に謝られて、頷きそうになって奏一は慌てて言葉を返した。

「だが、今騒いでいたのも子どもだったし。真面目な話、ロリコンなのか？　おまえ」

「正直、もう自分でも自信がないです」

改めて問われると、子どもと罪深いことになるのはこれが二度目だと、奏一も自分が疑わしくなる。

もしかしたら全く意識していなかったが、幼い祐貴《ゆうき》も自分がたぶらかしたのだろうかと、当然の疑いが生まれた。

「子ども好きと、子どもが好きは大きく意味を違えるぞ。一字違いで、マザーテレサと刑務所で野郎どもに散々犯される受刑者並の落差が出るぞ」

「俺はそんな目に遭《あ》わなければならない人間なんでしょうか」

「あのヒモとは、ヒモが子どもの頃からつきあってるのか」

「それは絶対に違います！　去年再会したんですよ。八年も会っていませんでした」

真っ直ぐに問われて、奏一が瞬時にそれだけはと否定する。

「ならいいが。さすがにあのヒモと子どもの頃からつきあっていたと言われたら、俺もおまえとの向き合い方を考え直すところだ」

意外にも峰崎は、まともなモラルをきちんと持ち合わせていた。

どちらかというとその考えが足りなさ過ぎたのは、奏一だ。たとえどんなにおもしろおかしく楽しくても、親の了解も得ずに巴と二人きりでこんなに何度も会ったのは完全に間違いだった。

「まあ、どっちかっていうと子ども好きするんだろうな。おまえは」

「何しに来たんですか。もしかして俺にまだ何か用ですか」

もう一人で内省に入りたいのに峰崎は何故いるのだろうと、思ったままに奏一が尋ねる。

「……今まで気づかなかったが、おまえ存外冷たいヤツだな」

「助けていただいておいてすみません。俺、今自己嫌悪でいっぱいいっぱいなんです」

「子どもへの罪の意識か」

「その通りです」

他に反省することが何があるとまでは言わずに、肩を落として奏一は落ち込んだ。

見たことがないような子どもの顔で、巴は泣きじゃくっていた。

八年間も奏一を探して、とうとう祐貴は、今奏一と二人きりだ。

「その子どものための唱歌アレンジアルバムに参加しないか？　好きな歌歌わせてやるぞ」

「……全く懲りませんね」

まだ自分にそんな話をするのかと、そのためにわざわざ峰崎が尋ねてきたことに気づいて、奏一が溜息を吐く。

考えてみれば最初の大学を辞めたあと奏一は携帯を解約していて、峰崎は奏一の現在の連絡先をまるで知らないからここまで来たのだろう。

「おまえのことを考えて出した企画だ」

ふと、滅多に見せない誠実そうな顔を、峰崎は奏一に向けた。

「楽だし、曲の権利関係で金がほとんどかからないから、企画がすんなり通った。若手の客を持ってるアーティストたちを集めて、歌わせる」

「楽なんですか？」

「古い唱歌を使うのには、ほぼ金がかからない。何故なのか説明しよう。創作されてから長い時間が経ってたくさんの人々がその作品に触れ、これはみんなで共有する文化財産だということになったからだ」

「……版権切れたって言ってくれれば、俺にもそれぐらいは理解できます」

バカにもわかるように説明した空気は察して、奏一が溜息を重ねる。

「一人くらい新人を混ぜても、そのぐらいの俺のわがままは通る。むしろ新人が一人欲しいとも言われている」

「俺、大学職員ですよ。バイトは禁止なんです。ばれたらクビになりますよ、今の仕事」

「誰がバイトをしろと言った。この話を受けるなら、司書だかなんだか知らんがそんなもんはもうやめてしまえ」

何故自分はこの手の人間に見込まれてしまうのかと、全く同じことを言った巴を奏一は思い出さずにはいられなかった。

「唱歌でデビューすれば、その後もおまえらしいおまえに似合った歌を歌えるだろう。それはそれでまた俺が創る。とりあえずこのアルバムで、何が歌いたいか考えておけ」

「俊司さん。俺はそんなことは」

「時間切れだ。また来る」

高そうな時計に目をやって、言いたいことを言って峰崎がベンチを立つ。

「内緒にできるもんなら、俺とのキスのことはヒモには内緒にしておくんだな」

口の端を少し上げて笑うと、峰崎は長い足で公園を出て行ってしまった。

頭を抱えて体を丸めてしまいそうになって、息をするために奏一が逆に背を反らして空を仰ぐ。

頭上では水色の青空を、開き始めた透明な薄紅色の染井吉野《そめいよしの》がきれいに彩っていた。

考えなければならないこと、反省しなければならないことが多すぎて、どれから考えたらいいのかわからない。

「キスのことなんかより……祐貴くんとは、もっと、大事な話が」

あるような気がすると、皆までは声にできずに奏一は花びらを見ていた。

言い置かれた峰崎の課題など、全く思う余地もない。

最近思い出すことの少なくなっていた十歳の少年の姿がやけに鮮明に眼前に現れて、奏一はただ、ひたすらに祐貴のことだけを考えていた。


二回続けて、泊まりに来たいという祐貴《ゆうき》を奏一《そういち》は断った。

理由をつけて断っても祐貴は簡単に大学図書館にいる奏一に会うことができるので、嘘の言い訳は二回も使えば尽きてしまう。

それでもまだ祐貴と二人きりになる気持ちにはなれずにいた奏一に、どうしてもと、祐貴から気の重い願いを電話で切り出された。

埼玉に住んでいる母親が来ていて、奏一に会いたいと言っているから来て欲しいというのだ。

「……どうして、俺なんかに。多分ほとんど、まともに顔も見たこともない。引っ越して来たときも、引っ越して行くときも挨拶《あいさつ》もなしだったのに」

ぼやきながら、奏一は祐貴が母親といるという、幹本《みきもと》行きつけの赤提灯《あかちょうちん》に向かった。

挨拶がなかったことなどは、本当はどうでもいい。

この間奏一は、小学生の娘を持つ母親が自分をどんな目で見るか、目《ま》の当たりにしたばかりだ。後ろめたくて、祐貴の母親になど全く会いたくない。

そのために来たからどうしてもと祐貴に説得されて、約束はしてしまったけれど。

「いらっしゃーい！」

俯いたまま赤提灯の引き戸を開けると、中から聞き慣れた女将《おかみ》の声が盛大に響いた。

「かなちゃん‼」

顔を見るのも、この三ヵ月の濃密さを思えば少し久しぶりになる祐貴が、嬉しそうに立ち上がる。

祐貴の向かいに座っていた女性も、慌てて立った。

「こんばんは」

それが祐貴の母親なのだろうとわかって、どう挨拶していいのかもわからずに、奏一が掠れる声でなんとか呟く。

「こんばんは。ほとんどはじめましてですよね？　祐貴の母の、志津明子《しづあきこ》と申します」

丁寧に頭を下げられて、奏一は面を食らった。

まず奏一が思っていたより、明子は随分と若い。どう見ても、奏一と干支《えと》一回りも離れていない気がした。

そして明子は、暗闇で迎えのワゴンに乗る何度か見かけた疲れたシルエットとも、全く印象が違う。

とても朗《ほが》らかだ。水商売に向いている気がまるでしない。

一言で言えば、あまりにも健全な大人だ。

「はじめまして。倉科奏一《くらしなそういち》です」

「お話は息子から、伺っております」

それはどんな話なのか、最も驚いたのは明子が、最初から奏一に酷く好意的だと言うことだった。

ほとんど祐貴との関係を罵《ののし》られるくらいの気持ちで、奏一はここに来ていたのだ。

「かなちゃん何呑む？　レモンサワー？　もう、座って座って」

「あ……うん。いつもの」

座るように祐貴に手で示されて、明子ともう一度頭を下げ合いながら奏一は祐貴の隣に腰を下ろした。

「レモンサワー一つ、お願いします！」

「はいレモンサワーいっちょ‼」

広い店ではないのに、威勢のいい女将の返事が響き渡る。

程なく、奏一の手元にはレモンサワーが運ばれて来た。

祐貴はいつものように行儀良くウーロン茶を、明子は生ビールを少し呑んでいる。酔っている様子はない。

「すみません、お待たせしてしまって」

ぐずぐずしていたので二人を待たせたのだと気づいて、奏一は頭を下げた。

「いえいえ、こちらこそお呼び立てしてしまってすみません」

「いいから、乾杯しようよ」

挨拶をやめない二人に尻の座りが悪いというように、祐貴が無理矢理二人のジョッキと自分のグラスを合わせる。

「乾杯」

朗らかに明子が言って、奏一はまたぺこりと頭を下げた。

「大学での祐貴は、どうですか？」

「非常に勤勉で、優秀です。まだゼミ生でもないのに、国語史学の教授に目を掛けられて忙しくしています。図書館にも、よく来ますよ。あ、僕は司書をしていまして」

「ええ、祐貴から聞いています」

語ると祐貴は母親を心配させるようなことは、たった一つしかしていないと奏一が気づく。

八つ年上の男と関係していること以外は、祐貴は何一つ後ろ暗い大学生活を送っていない。

「そんな話、わざわざ聞きに来たの？」

母親の向かいにいる祐貴は少し年齢相応の、親が自分と近しい者と語らうときの恥ずかしさを声に滲《にじ》ませた。

「そうね。あんたが大学でもちゃんとやってることは、聞かなくてもわかることだった。あんた、いつだって真面目《まじめ》に一つのはめも外さずずっとやって来たもんね」

僅《わず》かに、寂しそうに明子が息子を見つめる。

その明子の切なさが、奏一には伝わる思いがした。

「何故《なぜ》、僕に……」

恐る恐る、奏一からなんとか尋ねる。

どうしてそんなにも朗らかに明子が自分に会いたかったのか、奏一には少しもわからなかった。

「横浜のアパートの、隣のお兄ちゃんと大学で再会したって祐貴から聞いて。ついこの間です。長い春休みも少しも帰って来ないので散々言いましたら、やっと一日だけ帰って来て。倉科さんと会えたと、初めて聞きました」

何か申し訳なさそうに、明子がトーンを落として語り始める。

「私」

潑剌《はつらつ》とした印象の明子は、そこで一端、言葉を切って悩んだ。

「私は若い頃から、短慮で。……いえ、だからこの子を授かったので後悔はしていませんが。

十代のうちに身ごもってしまって、亡くなった夫の両親と私の両親との両方から大反対されて、ほとんど駆け落ち同然で結婚したんです」

不意に、明子が身の上話を始める。

「何。母さん、いきなりそんな話倉科さんに聞かせて」

「倉科さんのこと、かなちゃんって呼んでるのねあんた。随分仲良くさせてもらってるのね」

「だからなんだよ」

明子の言葉に、奏一はびくりとしていた。

何も祐貴は惑わず、息子らしい姿をただ見せている。

「まあ、あんたも聞いてよ。ごめんなさい、倉科さん。少し私の話につきあってもらってもいいですか?」

「もちろんです」

話の行く先が見えずに、奏一はそう答えながらも笑うことはできなかった。

「それでも親子三人で暮らしているときは幸せだったんですが、夫が病気になってしまって。あっという間に」

逝《い》ってしまったと、それは今でも切ない思い出だと隠しはせずに明子が息を吐く。

「亡くなったときには、治療費やら何やらで借金しかなくて。私は学歴も職歴もほとんどないも同然だったので、それもまた短慮に時給のいいホステスになったんです」

ワゴンが迎えに来るのを奏一は何度か見ていたけれど、それは今は言わずに黙って話を聞いていた。

「どうにも向いていなかったみたいで、私もすっかり滅入《めい》ってしまって。あのときは、この子にまで当たって。……本当に、ごめんね。祐貴」

「だからそれは、もういいって」

親子の間では何度も繰り返された会話なのか、聞き飽きたというように祐貴が肩を竦める。

謝る明子は、今でも充分過ぎるほどにそのときのことを悔いて見えた。

「お隣の大学生が、祐貴を気に掛けてくださっていることには気づいてました」

「……え?」

思いもがけないことを言われて、思わず奏一の声が裏返る。

「店から戻ると、きちんと洗い物がしてあったり。布団もシーツの端を始末して、きれいに敷かれていたし。十歳のこの子にできることじゃありません。すぐに気づきました」

意外そうな奏一が意外だと、明子は微笑《ほほえ》んだ。

「朝、祐貴がこっそりと新聞受けから鍵を取り出すのを横目で見て見ないふりをして、くすくす笑ったりしてたんです」

「母さん……やめてよ、そんな子どもの頃の話」

酷く居心地《いごこち》が悪そうに、十歳の自分の話をされて祐貴が身を乗り出す。

「その話を、しにきたんじゃないの」

ごめんねと、明子は祐貴に苦笑した。

言葉も出ずに聞きながら奏一は、この話が何処《どこ》に向かうのか不安で仕方がない。

いつもと同じ居酒屋のざわめきも、まるで耳に入らなかった。

「私のせいで沈み込むばかりだった祐貴が、多分、あなたが来てくださるようになってから明るい顔をするようになって。私のことまで祐貴は気遣《きづか》ってくれて」

当時のことを思い返して、明子が噛み締めるように目を伏せる。

「再婚が決まって、でも私物珍しいホステスだったみたいで。変にお客さんがたくさんついてしまっていたんです。店から強く引き留められたので、怖くて逃げるように引っ越してしまいました。あなたに一度もちゃんとお礼を言えなかったのがずっと心残りで」

「そんなこと、僕は何も」

「本当に、ありがとうございます」

頭を下げる明子の言葉を拒もうとする奏一に、心からの礼が注がれた。

「まだ小さかった祐貴が、あのとき心を曲げずに真っ直ぐ育ってくれたのは、全部倉科さんのおかげです。ありがとうございます」

何も、奏一は答えることができない。

目の前の母親が案じていた十歳だった少年と、今自分がどんな間柄なのかを思えば、言えることなど一つもあるわけがなかった。

「……あ、そろそろ」

ふと、明子が店の時計を眺める。

「帰るの？　帰るなら俺、駅まで送るけど」

ずっと奏一の隣で年相応の気まずさを見せていた祐貴が、早々に母親を送り出そうとした。

「そうじゃないの。あのね、あんたには言ってなかったんだけど」

続きを明子が言う間もなく、新しい客を迎えるために入り口がガラガラと音を立てる。

「いらっしゃーい！」

女将の声が、変わりなく大きく響いた。

「あなた」

あなたと明子が振り返って呼んだ男性を見て、奏一は一瞬意味がわからない。

「どうも。はじめまして、倉科さんですか？　祐貴の父親の、志津和真《かずま》と申します」

きっちりしたスーツ姿の和真は、明子より更に大分若かった。奏一の職場の、直近の上司でも全くおかしくないくらいだ。

「父さんまで。わざわざ仕事帰りに来たの？」

それは祐貴も聞いていなかったのか、勢い立ち上がった奏一と一緒に椅子から腰を浮かせる。

「すみません……夫も、倉科さんにお礼が言いたいと言って。仕事が終わってからになるから、引き留めておくように言われたんです」

「……はじめまして。倉科です」

なんとか挨拶をした奏一に、和真が大きく笑った。

「座ってください。騒がせてすみません」

生一つお願いしますと女将に自分で声を掛けて、随分と朗らかな和真が明子の隣に座る。

「あの」

両親に揃われて、どうしたらいいのかもわからず奏一は口ごもった。

「はは、僕が若輩《じゃくはい》で驚かれましたか？」

戸惑いをそう受け取って、頭を掻いて和真が笑う。

「僕は妻より、七つ年下なんです。行きたくもないスナックに上司に連れられて行ったら、酷く愛想のない妻が店にいまして」

なあと、当時のことを振り返って、和真は明子にいたずらっぽく目を向けた。

「席について五分で、どうしてこんな仕事をしているんだって説教されてね。客にそんなこと言われたくないわって、大喧嘩」

「世慣れていない僕にも、一目でわかるぐらいの場違いさでしたから」

二人が本当に仲の良い夫婦だということが、急に荷を落としたようになった明子からだけでも充分窺《うかが》える。

「すぐにそれが……なんて言いますかその、一目惚《ひとめぼ》れだと気づきましたね。はは」

「そんな話までしなくていいのよ」

恥ずかしそうに、明子は和真を肘で突いた。

「なんなんだよ。夫婦漫才なら家でやってくれよ」

呆れ返った祐貴の声も、少し笑っている。

「とにかく早く、やめさせてやりたくて。店に随分引き留められたし怖い連中もいないわけではなかったので、妻と祐貴には夜逃げみたいな真似をさせました」

三日奏一がいない間に隣がもぬけの空になった理由を、今初めて奏一は知った。

「教えてくれたら、良かったのに」

無意識に奏一が、祐貴の方を向いて責めてしまう。

けれどすぐに奏一は、祐貴といることにただ凪いでいて、尋ねもせずに三月《みつき》もただ抱かれていたのは自分なのだと気づいた。

「僕もそんなに稼ぎはなかったんですが、無理をしてベッドタウンに中古住宅を買ったんです。一応庭付きだし、喜ぶだろうと祐貴を連れて行ったら」

そこまでは勢いよく話したものの、運ばれて来た生ビールのせいではなく和真が声を途切れさせる。

「泣かれました」

そのときの気持ちを今もそのまま覚えているのか、酷《ひど》く辛《つら》そうに和真は無理に微笑んだ。

「訳は、祐貴は決して言いませんでした。母親が幸せになることは、祐貴も望んでくれたことだったのでしょう。だから祐貴は僕たちの再婚に反対は一度もしなかったのですが、横浜のアパートから逃げるように埼玉に移った日に、唇を嚙んでボロボロ泣いて」

「……やめてくれよ、父さん。そんなガキの頃の話。昨日のことみたいに」

酷く居たたまれなさそうに祐貴が、苦い声を聞かせる。

聞いている奏一にも、和真の見た涙は昨日のもののように思えた。

「すぐに、僕と妻の間に祐貴の妹が産まれて。僕には最初の赤ん坊だったので、やはり娘は可《か》愛《わい》いですが」

「そんなのは当たり前のことだ。父親が娘を可愛がらないで、誰が可愛がるんだよ」

「祐貴は、いつもこんな調子なんですがね」

生意気などという言葉では片付けられない落ちついた祐貴の物言いに、切なそうに和真が息を吐く。

「いつまでもあの日の祐貴の涙が忘れられなくて、祐貴は大丈夫だろうかと……ずっとそれが心配でした」

大きな溜息は、和真の隣で明子からも重ねられた。

「なのに祐貴は、妹の面倒もよく見て。不満一つも言わないので、こちらも祐貴に甘えるばかりで。心配だと言いながら、結局僕たちが祐貴に甘えるばかりで」

同じ言葉を二度和真が繰り返すのを、すべもなく奏一が聞く。

ただ辛くやり切れなく、想像通りの時間を祐貴が過ごしていたことを、思い知らされて。

「あれきり一度も、祐貴は泣かなかった」

はっきりと和真が言うのを、奏一はもう聞いていられない。

八年間祐貴が、再婚した両親の元ですぐに妹を与えられながらただの一度も泣きもせずに、ずっと大人の顔を見せていたことは、何か奏一にはもうどうにもならないくらい堪えがたかった。

「あのときは、あなたと会えなくなったことが辛くて泣いたんですね」

そんなことはないと、奏一は言いたかった。

けれどきっと、間違いなくただ一度だけ泣いたという祐貴は、自分を思って泣いたのだろう。

それきり泣かなかったという祐貴は、そうしてたった一夏支えだった奏一を、本当に探し続けていたのだろう。

それは、奏一には受け止め切れないほど重い。

十歳の子どもに、自分は何を強《し》いたのかと奏一は震えた。

「大学で、倉科さんと再会できたことを教えてくれた祐貴が、八年間一緒にいて一度も見たことのない子どもらしい顔で笑っていて」

「父さん。俺もう、子どもじゃないよ」

「そんな祐貴の顔をやっと見せてもらえたことが、僕も嬉しくて」

困り果てたように制した祐貴に、構わず和真が先を続ける。

「倉科さん。こんな年下の子どもと、またつきあってくださってありがとうございます」

丁寧に深く、和真は頭を下げた。

「祐貴のこと、また、よろしくお願いします」

隣で明子も、同じように深く礼をする。

「本当に、ありがとうございます」

注がれた感謝の言葉がどちらのものなのか、奏一はもう聞き分けることもできなかった。


送るという祐貴《ゆうき》に、二人で帰れるからと言って和真《かずま》と明子《あきこ》は、まだ幼い娘のことを気にして帰って行った。

この後の予定が奏一にないことなどは明白で、自然のことのようにアパートに寄った祐貴を奏一は拒むことができない。

ほとんど会話もできないまま、奏一は祐貴に風呂を使わせたあと、長すぎるほど湯船に浸《つ》かった。

風呂から上がって祐貴と顔を合わせて、それからどうしたらいいのかまるでわからない。あまりにも大きな動揺の中に自分がいることだけは、はっきりと知れていた。

「どうしたの？　かなちゃん」

風呂から上がる奏一をおとなしくベッドの前に座って待っていた祐貴は、今日はテレビもつけていない。

「ごめん。うちの親、あんなに喋《しゃべ》ると思わなかったから。俺も初めて聞いたよ、二人があんなこと考えてたなんて。本当にごめん」

「……何も、祐貴くんが謝るようなことは一つもないよ」

ようよう、奏一はなんとか口を開いた。

「一つもだ」

言葉にするとそれはとても大切なことに思えて、ぼんやりと繰り返す。

「疲れた？」

「いや」

遠慮がちに尋ねてくれる祐貴にどう接したらいいのかさえもわからず、奏一は首を振ってベッドに腰を下ろした。

「でも……そうだな。ちょっと、疲れてるかもしれない」

「無理言って、本当にごめん。どうしてもって、いきなり母さんが来て」

「そうじゃないんだ」

決して、あの善良過ぎる祐貴の両親のせいなどではないと、激しく奏一が首を振る。

「ご両親のせいじゃないよ。ただ」

じゃあ何故《なぜ》自分が今祐貴の目を見ることもできないのかを、奏一は説明することも叶《かな》わない。

胸の中に渦を巻くような思いを、まだ整理できていなかった。

傍らに祐貴がいるのが辛い。

どうして辛いのか、何がこんなに苦しいのか、奏一は目まぐるしく蠢《うごめ》く己の気持ちに自分でさえついて行けずに言葉になどできるはずもなかった。

「すごく、素敵なご両親だった。お母さんは本当にいい方と、再婚なさったんだね。俺も……お二人にお会いできて、良かった」

それは本心のつもりだった。

過去奏一がワゴンに乗り込む影だけ見た母親や、幼かった祐貴の口から語られた母親と、明子はまるでかけ離れていた。

「もしかしたらもっと早く……祐貴くんが十歳のときに、お母さんにはお会いしておくべきだったのかもしれない」

独り言のように、奏一が呟く。

「なんでそんなこと言うの？　あれは俺たちの大切な秘密だったんだよ。母さんが気づいてたなんて初めて聞いて、俺、がっかりしたよ」

珍しく祐貴の声が子どもじみて聞こえて、すっかり声変わりも終わったはずなのに少年の声と重なり、奏一は戦慄《わなな》いた。

「大切な、秘密？」

どんな風にあの頃を自分たちが過ごしたのか、奏一はもう思い出すのも怖い。

「たった十歳だった祐貴くんと、他人の大人だった俺の？」

そんな二人に大切な秘密など存在していい筈がないと、今なら奏一には思えた。

「かなちゃん、今の俺より年下だったじゃない。別に全然、大人になんか見えなかったよ」

「なら、祐貴くんは今の自分を責任のある大人だとは思わないの？」

二年生になれば二十歳にもなる、同期たちより随分大人びている祐貴に、奏一が尋ねる。

「それは……思うけど」

否定は、祐貴もしなかった。

「だから俺だって、何処《どこ》かで子どもがラーメンひっくり返して震えてたら助けたいよ。今なら俺にもそれはできるから」

自分が与えられたことを、祐貴が今もついさっきもらったことのように大切に抱いているのが、奏一にもはっきりと伝わる。

今でもなお、十歳の夏のことが厳然と祐貴の中に息づいて、それが祐貴の行いの全てに影響

を及ぼしていることは明らかだった。

「あんなこと、するべきじゃなかった」

呆然と、奏一が声を漏らす。

「ドアを叩いたら、いけなかったんだ」

あの晩、自分のことでいっぱいいっぱいで隣の小学生のことなど気にも掛けていなかった十八歳の奏一の耳に、薄い壁越しに大きな物音と悲鳴が聞こえた。

駆けつけたのは衝動だった。

何か大きく気持ちが動いたわけでもない。

隣の部屋のドアを叩いた奏一は、祐貴を変えてしまうつもりなど少しもなかった。幼い祐貴に対して、何も責任も負わずに一夏傍らで歌って過ごしていただけだ。

それも奏一自身が、救われるために。

「どうしちゃったんだよ……かなちゃん」

さすがに様子がおかしいと不安が高まったのか、祐貴は奏一の隣に腰を下ろした。

そっと、祐貴が奏一を抱きしめる。

自分に、奏一は寒気がした。こんなことを今、祐貴にさせているのは十八歳のときの自分だ。

唇に重ねられた祐貴の唇が、酷く熱い。それだけ奏一の唇が、冷え切っているということだ。

これから先ずっと自分は、幼かった祐貴への責任で祐貴の全てを受け入れなくてはならないとも思う。

「……っ……」

けれど喉元を吸われて、そこだけは十歳の頃と何も変わっていない祐貴の旋毛《つむじ》が見えたら、記憶の底にいた少年が鮮烈に奏一の前に蘇った。

「……っ、かなちゃん？」

気づくと、ただ反射で奏一は祐貴を突き飛ばしていた。

抱き合うことなど、もうとても無理だ。

今も祐貴は奏一が寝かしつけていた子どもだった自分自身に、支配されている。

今も祐貴は、奏一には十歳の子どもでしかない。

「本当に、疲れてて。だから今日は、布団を敷くから」

謝ることさえできずに、祐貴を見ないで奏一は立ち上がった。

体に力もろくに入らなかったが、押し入れから布団を出して敷いて、洗濯してあるシーツの端をきちんと始末した。

今日、明子がシーツの話をしていた。

無意識に奏一は祐貴の布団を敷いてやっていたけれど、こんな簡単なことも、あの頃の祐貴にはできなかったと明子は言ったのだ。

「お願い。ここで眠って」

俯いて奏一は、自分のベッドに入った。

向けられた背に祐貴がどれだけ困惑していても、もう奏一は振り返れない。

「……子守歌は?」

他に言える言葉もないというように、祐貴が乞うても奏一は歌わなかった。

あんな子どもに、一体自分は何をしたのだろうか。

歌うことも眠ることも、祐貴を見ることもできないまま、奏一は長過ぎる夜を大きな後悔の中で過ごした。


着信を見ても、奏一《そういち》は祐貴《ゆうき》からの電話に出られなくなった。メッセージが届いても、返す言葉が何一つ思いつかない。

仕事から上がって、アパートにいると祐貴が訪ねてくるかもしれないから、それを恐れて時間を潰すために奏一は遅くまで営業している喫茶店でただ時間を潰していた。

バイトが三日続いているとメッセージには書かれていて、だからなのだろう幸い祐貴は図書館には来ない。祐貴が現れないことがわかっているので、なんとか奏一は勤めには出られている。

もし祐貴が職場に来るのなら、奏一は出勤できるかどうかも自信がなかった。

「……何も言わずに、何処《どこ》かに行こうか。また心配させて悪いけど、とりあえず仕事辞めて実家に……帰ろう」

他に道はないように思えて、十八歳のときと自分が全く同じ逃げ方をしようとしていることにも気づけずに、ぼんやりと呟いたところで閉店を告げられる。もう二十二時だ。

こんな時間なら帰宅しても大丈夫だろうかと、奏一は往来に出た。

見ることもできない携帯が、着信に震えるのが止まっている。

明日にでもここを離れる準備をしようと、職場への迷惑も何も顧《かえり》みずに、ただ奏一はとても祐貴に会えないというそれだけに囚われて動こうとしていた。

ぼんやりとアパートの前まで歩いて、部屋の前の人影に奏一が気づく。

「待ってよ！」

反射で奏一は踵《きびす》を返したが、道端で瞬く間に祐貴に腕を掴まれて、引き留められた。

「どうしちゃったんだよ、かなちゃん。明らかに俺のこと避けてるよね。どうして？」

呼び止めた言葉が思いの外夜道に大きく響いたことを気遣《きづか》ってか、祐貴が声を落とす。

こんなときにも、祐貴は大人だ。

まるでわけがわからないのだろう祐貴がそれでも冷静に問うのにも、奏一は納得させられるこの状況の言い訳も浮かばない。

手を摑まれていることさえ耐え難くて、奏一は思い切り祐貴の手を振り払った。

「あんな、祐貴くんをまだ小さな子どもと変わらない気持ちで見てる親御さんの顔見て……何ができるって言うんだよ」

本当はそんな感情だけではないとわかっていながら、ようやく奏一が拒む理由の一つを教える。

「やっぱり、父さんと母さんのこと気にしてるの？　二人ともかなちゃんにはただ感謝してるだけだよ」

「今の俺たちのこと知ったら、感謝なんかできるわけない。そのくらいは祐貴くんにだってわかるだろ」

「それを、気にしてるの？　そう言われたら……ごめん、俺が軽率だった。親に会わせたりして」

奏一が投げた言葉に祐貴は後悔を見せて、申し訳なさそうな顔を向けた。

「……違う。そうじゃない。それももちろんあるけど」

そんな目を決してさせたかったわけではないのに、肝心の気持ちの奥底にあるものを伝えられる言葉をどうしても見つけられなくて奏一が髪を摑む。

「そうじゃないんだ」

謝らせたり、祐貴に決してさせたくなかった。悲しませたり苦しませたりしたくないのに、でも奏一はもう祐貴とはいられない。

「一度も泣かなかったって、お父さんがおっしゃってた」

心に刻まれている和真《かずま》の言葉を、奏一は口にした。

「泣きたい日だってあっただろ？」

「だから、かなちゃんがいたから俺は」

「たった十歳の祐貴くんが、否応《いやおう》なく大人になって、我慢して我慢して」

「かなちゃんがいたから」

「俺がいたから！」

繰り返される祐貴の言い分を、奏一が悲鳴に近い声で断ち切る。

「十歳の祐貴くんを、俺がそんな子にしちゃったんだろ⁉」

「どうしたの。かなちゃん？」

混乱の意味がまるでわからないと、祐貴は宥めるように奏一を呼んだ。

自分が八年も祐貴を、どんな風に過ごさせてしまったのか、奏一は思い知らされていた。今も自分が祐貴のそばにいることは、全くいいこととは思えない。

愛されて大切にされて奏一は幸せな穏やかな時間を過ごしていたけれど、祐貴は奏一を見つけない方が絶対に良かったはずだ。

その方が祐貴はきっと、もっと自分らしいわがままや自分らしい感情を優先できたはずなのだ。

そもそもあの夏に、あんなにも幼い祐貴に世界に自分しかいないような錯覚《さっかく》を持たせたのも奏一の弱さのせいだ。大学での辛さから、奏一は幼い祐貴に縋《すが》っていた。

だから毎晩、枕元で歌った。自分のために。

「ごめん、祐貴くん」

それが祐貴の生き方を、変えてしまった。

「もう無理だ」

より祐貴が、耐え抜く方に。

「何が？」

震える奏一の声にも、祐貴はゆっくりと問い返してくれた。

宥めるように、やさしい声で。

「俺は」

再会して、最初から祐貴は既に奏一より大人びていた。

「これ以上祐貴くんとはいられない」

そばにいれば奏一はただ、祐貴のその腕の中に安寧《あんねい》を得るだけだ。

それなら祐貴の安寧は、いつ何処で誰が、渡すというのか。

「なんでそんなこと言い出すの？　わかるように説明してよ」

さすがに祐貴の顔色が酷く変わって、声がいくらか大きくなった。

人通りの少ない往来の外灯に、ふと、第三者の長い影が映る。

「このアパート名まではこの間来たときに大学職員をたぶらかして簡単に割り出せたが、電話番号はなかなか難しい」

全身黒ずくめの長身の男は、挨拶《あいさつ》もなしにここに現れた理由から語り始めた。

よく見なくてもそれは、峰崎《みねざき》以外の何者でもない。

「あんたまだかなちゃんにつきまとってるのかよ」

すぐに影の正体に気づいて、祐貴は自分の後ろに奏一を隠した。

「返事を聞きに来たのに、ヒモが一緒だと話しにくい」

サングラスを取って顔を顰めて、峰崎が溜息を吐く。

「おまえ本当にそのヒモとつきあってるんだな」

完全に呆れ返った響きを、峰崎は隠そうとしなかった。

「そうですよ。ですからかなちゃ……奏一さんに、もう近づかないでください。なんの用ですか！」

毛を逆立てるようにして祐貴が、突然奏一のアパートにまで現れた峰崎に食ってかかる。

「つきあって……ません」

細い声で、奏一は峰崎に助けを求めた。

「かなちゃん？」

意味がわからないと、祐貴が奏一を振り返る。

「俺は」

その隙をついて、奏一は祐貴の背から出て峰崎の傍らに寄った。

「ごめん、祐貴くん。俺は……俊司《しゅんじ》さんのことが……本当は好きで」

思いもがけない言葉が、奏一の口から零《こぼ》れ落ちる。

「何言ってるんだよ……」

もちろんすぐには、祐貴も信じはしなかった。

「やっぱり……俊司さんと、やり直したいと、思ってる。だから、もう俺のことは忘れて欲しい」

「冗談でしょう……？」

切れ切れに嘘を紡《つむ》いだ奏一に笑おうとして、祐貴は笑いきれない。

「本当はずっと、俊司さんが忘れられなかったんだ。だから代わりに、祐貴くんとつきあってた。大学の司書もやめる。俊司さんの作る歌を歌うことにした」

一旦放った言葉は取り戻せず、続きは自分でも驚くほどスラスラと出て来た。

「俊司さん、どっか、連れてってください。何処か、とにかく祐貴くんのいないとこに俺を連れてってください」

峰崎の黒いジャケットの肘の辺りを、奏一が強く摑む。

今まで一人の通行人もいなかった道路に、不意に、空車のタクシーが左折で入って来た。

「おっとこんな何もない住宅地に、偶然空車のタクシーが。まるで奇跡のようだが俺はいつでも運に恵まれた男だ。こういうことにも慣れている」

手を挙げてタクシーを止めて、峰崎が先に奏一を後部座席に乗せる。

「子どもとは違うってことだよ、坊や。……麻布十番《あざぶじゅうばん》に向かってください」

「麻布十番？」

都下であるこの町からタクシーで行くには遠すぎる地名に、運転手が聞き返すのも奏一の耳には入らなかった。

「待てよ!!」

「ドア、閉めて。大丈夫ちゃんと現金で払うから。出して」

呆然としながらも追おうとした祐貴をドアで阻んで、峰崎がタクシーを走らせる。

駆けて、祐貴はタクシーの窓を叩いた。

窓を叩く拳の音は、奏一の耳にもようよう届く。

こういうときに何も言わないのは、有能なタクシーの運転手だということになどもちろん気づくはずもなく、やがて遠ざかる祐貴を奏一は振り返ることもしなかった。

一時間ほどタクシーに乗って、全く見慣れない都会の真ん中に移動したことをようやく奏一《そういち》がぼんやりと理解したのは、峰崎《みねざき》が一万円札を重ねて運転手に金を払うのを見た瞬間だった。

「俺……払います」

「持ってるのか」

真っ直ぐ峰崎に問われて、奏一はそんな金は財布に入っていないことを思い出す。

「後で、払います」

「領収書頼む。峰崎で。峰不二子《みねふじこ》の峰に、崎陽軒《きようけん》の崎だ」

奏一の申し出を無視して、峰崎は運転手に領収書を要求した。

「お客さん、却ってわかりにくいよそれ。峰崎俊司《みねざきしゅんじ》の峰崎だと言えばいいじゃないですか……あ」

言いながら振り返って、バックミラーでも見ないようにしていた修羅場のゲイが、峰崎俊司本人だとようやく気づいた運転手が余分な声を漏らす。

「サインするか？」

「いえ、私は何も、見ていません。峰崎俊司なんか知りません」

「賢明な運転手だな。大抵の関係者談は、タクシーの運転手か店の店員なのに。贔屓《ひいき》にしよう。

名刺を寄越せ」

手を出した峰崎に、しぶしぶと運転手は名刺を渡した。

「でも私、普段こんな方まで来ませんよ。首都高の運転は苦手で」

「迎車代を取れ。いいから名刺を寄越せ」

名刺の端を摑んで渡すまいとしている運転手から、峰崎がそれをもぎ取る。

そうして奏一の手を引くと、やけに明るい街中に峰崎は降り立った。

一刻も早く関わりを断ちたいというように、スピードを上げてタクシーが走り去る。

手を引かれていることにも気づかないまま、奏一はきれいなマンションの玄関ホールに足を踏み入れた。エレベータで直接最上階まで辿り着いたのもわからず靴を脱ぐように世話を焼かれて、ロフトまで打ち抜いている高い天井、広すぎる部屋に置かれたソファに導かれた。

大きなガラス窓には、都下では見られない宝石箱のような夜景が何処までも広がっている。

何処《どこ》に居るのかもさっぱりわからなかったが、最後にタクシーの窓を叩いた祐貴の拳の強さがどうしても頭から離れず、痛くなかっただろうかと奏一はそればかりが気に掛かった。

けれどもう、自分には祐貴のことを考える権利などない。拳の痛みも労らずに、振り返りもせずに捨ててきた。

これで良かったはずだ。祐貴には自分はいない方がいい。ここから祐貴はやっと、祐貴らしい人生を生きられるはずだ。

他人の、おかしな大人が子どもの人生に介入したことが間違いだったのだ。

あのとき隣の部屋のドアを、決して叩くべきではなかった。

「タクシー代は、払わなくていい。経費で落とすし」

ずっと何も言わずにいてくれた峰崎が、ソファの隣に座ってまず金の話から始める。

「それに、タクシー代程度の見返りは俺も遠慮なく求めるから安心しろ」

心が抜け落ちたようになって夜景しか目に入っていなかった奏一の肩を、おもむろに峰崎が抱いた。

その手の力強さに、やっと隣に峰崎がいるというより、移動中もずっと隣に峰崎がいたことをはっきりと認識して奏一は間近にあるその顔を振り返った。

「さて、何をやり直そうか」

悠々と峰崎が、奏一に選ばせるように問う。

「……え？」

「さっきおまえが、ヒモに言ったんだ。自分で。本当は俺が好きだ、俺とやり直したいんだと。さあ、何処から何をやり直す」

いきなり頬の横を越してソファに手をつかれて、身動きができない状態で奏一は新たな局面に自分が立っていることを知った。

祐貴のことを思うあまりには今度は峰崎に対して、考えもなしに奏一は完全なる間違いを犯していた。間違いに間違いを被《かぶ》せるという間違いで、いよいよのっぴきならないことになっている。

すっかり自棄《やけ》になって、自分などどうにでもなればいいというところまで奏一の精神状態も来てはいたが、そうして自虐的選択をすることで祐貴だけでなく峰崎もまた傷つけることぐらいはさすがに学習していた。

「あの、俊司さん。俺」

「俺は同じ轍《てつ》を踏むのは嫌いだ」

「え?」

「図書館司書だろうおまえ。なんで日本語で喋ってるのに聞き返す。同じ、轍を、踏むのは、嫌いだ。何故なら過去においても現在においても未来においても時間の無駄でしかないからだ。無駄は大嫌いだ」

短かった峰崎と過ごした学生時代にも思っていたことだが、実は奏一は峰崎の言うことの半分も理解できない。

自分が悪いのか峰崎が悪いのか、他人なら両方だろうというところだが、奏一自身にはわからなかった。

「クリスマスにはあんなことを言ったが」

溜息を吐いて、けれど顔を近づけたままソファについた手も外さずに、峰崎が続ける。

「俺はおまえには執着してるが、それはおまえの声から始まってる。俺が最も執着してるのは、正しくはおまえの声帯だ」

言葉とは裏腹に、どんどん峰崎の顔がこれ以上ないくらいに近づいた。

「正直、つきあうなら女の方がいい。どんなにおまえの顔が好みでも、どの穴に突っ込んだらいいのかもよくわからん」

「突っ込まなくていいです！」

ほとんど唇が触れそうな距離でそんなことを言われて、ようやく奏一の目がしっかりと峰崎を捉える。

「おまえが泣いて頼んで抱いてくれというなら、俺もそこは男だ全力で頑張ってみるが」

「頑張らなくていいです！」

「少しは正気に返ったか」

「ありがとうございます返りました！」

空いている方の手で頬を抱かれて、奏一は声を裏返らせた。

「俺のキスが良すぎておまえもとち狂ったかと思ったぞ」

ソファから腕を引いて、峰崎が普通に奏一の隣に座り直す。

「……あのキスのことは、事故に遭ったと思って忘れます。助けていただいておいてなんですけど」

言われるまで忘れてさえいたキスを生々しく思い出して、奏一は掌《てのひら》で口元を覆った。

絶対に祐貴に知られてはならないと思ってから、いや、もうもしかしたら会うこともないかもしれないと、窓を叩く音だけ聞いて置いてきたことを何度でも思い出す。

「若手のアーティストによる唱歌のCDは、俺は売れると思ってる。いいコラボだ。だいたい俺がそう思ったものは、今のところ一つも外れていない。今回は俺だけじゃなくて、関係者各位大乗り気だ。当たらん方がおかしい。才能と人気のある若手が、有り余る程名乗りを上げてる」

そして峰崎は、それもすっかり忘れていた仕事の話を始めた。

「そこにおまえを突っ込むのは俺のただの無茶苦茶だ」

背を反《そ》らせて峰崎は、少し似合わない寂しさを何故だか落とす。

「おまえをまた俺の無茶苦茶につきあわせて大学職員とかいう凡庸《ぼんよう》な仕事もやめさせて、そのあとおまえが売れるとも全く思えない。だからおまえが本当にこの話しに乗るなら、俺はおまえの人生に責任を取っていよいよおまえを抱いてやらなくちゃならなくなる。そのときはやり方を教えろ。やってやる」

「だからいいですってば！」

「この話に乗るってのは、そういうことだ。おまえにはハイリスクしかない」

反射で断った奏一の声につきあわず、峰崎は皆までを言った。

「ならなんで、持って来たんですか」

そこまで聞いて奏一も、峰崎が最初から奏一をその中に入れてデビューさせる気などないのだと理解する。

だったら何故無駄が嫌いなはずの峰崎が、このタクシーで何万円も掛かる都心から都下まで二度も足を運んだのか、奏一にはまるでわからなかった。

「この企画はおまえのことを考えていて、思いついた。おまえの歌を思い出して、思いついたんだ」

そんな疲れ果てた峰崎の顔を見るのは、随分と久しぶりだと奏一が気づく。

「未練がある。俺は」

メディアで見かけた峰崎は、いつでも必要以上に自信たっぷりで堂々としていた。目の前の峰崎の表情を、奏一は一度だけ見たことがある。

「好きなんだよ。音楽が」

声が全く出なくなってすぐに峰崎に連れて行かれた大きな病院で、「ストレスが原因」と診断されたときと同じ顔を峰崎はしていた。

「本当はただ音楽が好きなんだ。それが変な才能が無駄に溢れてるせいで」

「自分を貶《けな》してるのか褒《ほ》めてるのかよくわかりません」

茶化すつもりはなかったが、黙って聞き続けるのは奏一も辛い。

「無駄に才能が溢れていて神経が図太いせいで、すっかり職人芸になってしまった。音楽は好きだが、今自分が創ってる音楽が好きかと言われると頷くのは難しい」

丁寧に説明されて、峰崎が言わんとすることは理解して、奏一は口を噤むしかなかった。

「たまに、一日でも時間が空いたら、無音の中で気持ちをフラットにすることにしてる。何も音楽を聴かない」

マンションの最上階にあるこの部屋が、やけに静かなことに、奏一は言われて気づいた。

「そうすると、大学の中庭で初めて聞いたおまえの歌を思い出す」

目も合わせずに、峰崎が独りごちる。

それはただの独り言だと、殊更《ことさら》そんな風に。

目も耳も少しまともに機能するようになった奏一の上着のポケットで、携帯のバイブが激しく振動した。

その振動は長く続いて、この部屋の静かさを思い知らされる。

「タクシーの中でも、ずっと鳴ってたぞ」

初めて聞いたかのような反応をした奏一に、峰崎は呆れて言った。

「なんかよくわからんが」

携帯の振動は長くなっては途絶え、間を開けずにまた繰り返し鳴り響く。

「あのときのおまえを、あのヒモが助けたんじゃないのか。そう言ってたよな。クリスマスに居酒屋で」

その会話を覚えているのか、意味がわからないというように首を傾げながらも、峰崎は奏一に尋ねた。

言われた通り、もっと早くに壊れてしまってもおかしくはなかった自分を、支えてくれたのは十歳の祐貴だと奏一もよく覚えている。

「毎晩、子守歌を歌ってました。祐貴《ゆうき》くんに。あのころ」

考えてみれば、完全に声が出なくなったのはレコーディングの日だったが、祐貴が突然隣の部屋からいなくなってからどんどん奏一は追い詰められていった。

「その時間だけが、俺には支えでした。『浜辺の歌』を、よく歌いました」

「そんでおまえは今現在、間違いなくヒモがかけてきているのだろう電話にも出ずに何もしてやらないのか」

真っ直ぐ本当のことを言われて、奏一が携帯の振動する方を見る。

「どんな間柄でも、さよならくらいは言うのが礼儀だ」

似合わないまともなことを、峰崎は口にした。

「俺はおまえがさよならも言わずに消えたから、余計に心が残った」

逃げ出すように、大学も辞めて奏一は誰とも口をきけないまま実家に帰った。そのときのことは、奏一自身よくは覚えていない。

自分のことで、精一杯だった。けれど言われれば峰崎に謝らなかったことが、奏一の心にも残った。

それなのにまた、同じことを繰り返そうしている自分を、はっきりと自覚する。

また鳴り始めた携帯を、上着のポケットから奏一は取った。見なくとも着信は、祐貴からだとわかる。

通話のマークを、奏一は押した。

「……もしもし」

ようよう声を絞り出すと、祐貴が息を呑むのがわかる。

少しだけ間を置いてから祐貴は、何処だ、迎えに行く、帰って来てくれと、繰り返した。

「手……痛くない？　あんなに強く、タクシーの窓叩いて。痛くない？」

場違いに奏一が尋ねると、何も感じないと祐貴が叫ぶ。

「祐貴くん」

なんとか、奏一は祐貴の名前を呼びかけた。

「……帰るから、始発で」

一瞬、安堵《あんど》したように祐貴が黙り込むのが辛《つら》い。

「ちゃんと、顔見てさよなら言うから。待っててくれるかな」

期待をさせるつもりは、奏一にはなかった。

「必ず、帰るから。明日の朝会おう。待ってて」

それが今の自分にできる精一杯のことだと、約束して電話を切る。

もう二度と、携帯が振動する気配はなかった。

「帰るのか」

「おかげさまで、少し落ち着きました。自分が何をしようとしていたのかもわかりました。俊司さんのおかげです」

「礼を言われたいわけでもないし、別に完全におまえに見切られるために、わざわざあんな田舎まで行ったわけじゃない」

一応東京である現在の地元をど田舎と言われても、この窓に映る夜景を見せられたら奏一は笑うしかない。

「本当は」

ふと躊躇《ためら》う間を置いて、峰崎は奏一の方を向いた。

「ここに檻を作っておまえを閉じ込めて、時々歌わせられればそれで俺は満足なんだ」

「……それで？　その『それ』は何処に掛かってるですか？」

指示代名詞も行方も完全に不明になり、思わず奏一も問い正したくなるが峰崎はいつでも真顔だ。

「だが完全犯罪については、あまり自信がない。才能を感じない」

「その判断ができただけでも本当に良かったです……」

「だからせめておまえの歌を音源に残して、それをずっと聴いていようかと、思った」

完全犯罪をあきらめての、苦肉の策を駄目だとわかりながら伝えに来たのかと、峰崎の無駄の意味を奏一も知る。

「だが別におまえの人生まで負う気はない」

「……何か、歌いましょうか？　今録音しますか？」

出さなくてもいい奏一の峰崎への情が、それこそ無駄に顔を出した。

しばらくの間、峰崎は何を思うのかわからない顔で奏一を見ていた。その時間は随分と長く、迷っているのが奏一にも伝わる。

「いや」

躊躇う唇で、少しだけ峰崎は微笑んだ。

「多分俺には、もうおまえの歌が聴けないって未練と後悔が必要なんだ」

長く息を吐いて、峰崎は峰崎で固執《こしつ》して無駄に動いた自分と決別する。

「いつか、必ずもっといいものを創っていい歌に出会って、おまえのことなんかきれいに忘れてやる。その原動力のためにこの未練は、残す」

自分に言い聞かせるように呟いて、不意に、峰崎はやわらかく奏一を抱いた。

「女の人がいいんじゃなかったんですか」

唐突な抱擁にただ困惑して、奏一が峰崎の背を叩く。

「このくらいの真似はできる」

言いながらそれ以上、峰崎が腕の力を強めることはなかった。

「このくらいには、声帯のみではなくおまえという個体全体も、好きではある」

「俺にそんな価値、ありますか」

「檻に閉じ込めて飼えないくらいには、俺はおまえには情があるんだ」

どうしても断ちがたい未練が峰崎に、奏一の頬を触らせる。

持ち合わせの少ない中での峰崎の全力のやさしさは染みたけれど、こんな風にそばにいてはいけないと思うくらい、大切な相手が自分にはいることを奏一はわかっていた。

ちゃんと顔を見てさよならを祐貴に言わなければ、まだ誰と触れ合うことも自分には許せない。

「おさわりは禁止です」

それが奏一に言える、峰崎への精一杯のやさしさだ。

「キャバ嬢か、おまえは」

受け取ってくれて峰崎は、笑って奏一を放した。

「もう終電ないぞ。泊まるのか？」

「始発まで起きてます」

もう始発までそんなに長く時間がないことに時計を見て気づいて、奏一が肩を竦める。

「じゃあ勝手に起きてろ。俺は明日も仕事だ。寝るからおまえは帰りたいときに帰れ。好きに出て行けオートロックだ」

さっさと立ち上がり峰崎は、奏一に構わず服を脱ぎ捨てた。

「間違っても、情け心で歌ったりするなよ。歌ったが最後、二度とここからは出さないからな」

冗談とも本気とも取れないことを言われて、奏一は峰崎にも言い忘れていたことを思い出す。

「俊司さん」

何処かへ行こうとした峰崎を、奏一は呼び止めた。

「おやすみなさい」

「まだシャワーを浴びてない」

バスルームに行くところだったのか告げもしなかった峰崎が、顔を顰《しか》めて奏一を振り返る。

「さようなら」

目を合わせて、初めてその言葉を、奏一は峰崎に渡した。

立ち止まって時間を掛けて、峰崎がそれを咀嚼《そしゃく》する。

「ああ、さようなら」

丁寧に返してもう奏一を見ずに、峰崎は何処か別のフロアに消えた。

もう朝までここに戻っても来ないのだろう、二度と会うことはないのだろうと、奏一にはわかった。

これが永遠の別れというものなのだと思い知って、夜明けには別れる恋人のことを奏一はただ、思った。ただ、ひたすらに祐貴のことだけを考えていた。


乗り換え案内で検索をしたら午前五時に始発が出ると教えられて、本当に寝てしまって顔も見せなかった峰崎《みねざき》の部屋を、頭を下げて奏一《そういち》は後にした。

オートロックの意味もわからず部屋を出てから確認の為にドアを引くと、もう開かないので安心して春の朝の路上に出る。

麻布《あざぶ》だと言っていたが、窓から見えた夜景とはまた全然違って、朝方のこの街は緑に溢れていて静かだった。

どんなところにでも住める財力が今の峰崎にはあるのだろうが、この街を選んだところに少しの人間らしさを感じる。

人気の少ない地下鉄に乗って、奏一は己《おのれ》には不似合いな慣れない街を離れた。早く自分の町に、帰りたかった。

今度こそ逃げずにそこで待っている人と向き合い、これからのためのさよならを、ちゃんと言いたい。

早く、祐貴《ゆうき》に会いたかった。

地上を走る電車に乗り換えて、朝焼けの中過ぎて行く外の景色を眺めながら地元駅に近づく。

不思議に、一晩眠っていないのに奏一は眠くはなかった。

ここのところずっと靄《もや》の中にいたような心は既に、大分晴れて思えた。

心地よい振動にも眠ることなく、地元駅で奏一が電車を降りる。

昨日離れたことは随分と遠くに思える歩き慣れた道を、急いでアパートに向かって辿った。

予想はしていたけれど当然のように、祐貴が往来で立っている。

一晩中そうして祐貴は自分を待つのだろうと、電話を切ったときに奏一にもわかった。だから始発に乗って、駅からの道を急いだ。

部屋の前で待つのは迷惑だと思ったのか、祐貴は少し離れた路上にいる。

「……かなちゃん」

人が通る度にそんな勢いで顔を上げていたのかと思うと、奏一は祐貴を少しでも早く、自分から解放してやりたかった。

「寝てないの？」

「眠れるわけないだろ」

歩み寄って尋ねた奏一に、祐貴がさすがに憮然《ぶぜん》としている。

「寒かっただろ。まだ夜は寒い」

「寒くなんかない」

少しだけ赤いように見える祐貴の手を、奏一は見つめた。

「窓、叩いた手、痛いだろ？」

「何も痛くなんかない」

はっきりと答えられて、ああ、もう駄目だと奏一は思った。

本当は奏一は、祐貴と別れたいわけではない。祐貴を嫌いになったわけでもなんでもない。

ただ、もう祐貴とはいられないと、言葉を交わす度に思い知るだけだ。

「つまんない嘘、すぐにわかるよ。峰崎さんのことは、言い訳にしただけだろ？　それは、あんな風に峰崎さんといなくなられて一晩も待たされたら……俺も、冷静ではいられないけど」

そう言いながら祐貴は、充分冷静に声を紡《つむ》いでいる。荒らげることも、裏返ることもない。

「誰になんて言われても、俺はかなちゃんを守る。両親のことがそんなに気になるなら、本当のことを話してわかってもらえるまで俺頑張るよ」

安心させるための言葉を重ねる、知らぬ間に自分を追い越していた祐貴のまなざしを、奏一は見ていた。

「かなちゃんは何も心配しなくていい。大丈夫。俺は誰にも、絶対にかなちゃんを咎《とが》めさせたりしないから」

俺がかなちゃんを守ると、しっかりした声で祐貴がもう一度繰り返す。

再会したときには、祐貴はもう背丈は完全に奏一を超えていた。

その見た目にまず、奏一は騙《だま》された。そして僅《わず》かなかわいげ程度にしか覗かない子どもっぽさ以外は、祐貴の態度は何もかもが自分より大人で、奏一はそれを鵜《う》呑《の》みにして疑わずにいた。

「お別れしよう、祐貴くん。今まで本当に、ありがとう」

もうこれ以上、自分には祐貴にしてやれることが何もない。

「さよなら」

それだけが自分から祐貴に渡せる最良の言葉だと、奏一は笑った。

その笑顔と裏腹な奏一の言葉を、意味を解くように懸命に祐貴は聞いている。

「風邪引くから、早く自分の部屋に帰りなさい」

言い置いて奏一は、祐貴を離れた。

後ろ髪を引かれる祐貴への愛しさは、まだ充分に胸にある。だからこそ早く祐貴の手を放してやらなければと、奏一はアパートへ急いだ。

「待ってよかなちゃん!!」

不意に、今までの落ち着きとはかけ離れたなりふり構わない声で、祐貴が叫ぶ。

ただ声に驚いて、奏一は反射で立ち止まり振り返ってしまった。

目に映る祐貴の姿に、奏一は目を疑った。

立ち尽くしたまま祐貴は、子どものようにボロボロと涙を零《こぼ》している。

「俺はっ、ずっとかなちゃんを探してた！　ずっとかなちゃんを守れる大人になろうって頑張ってた!!　なのに……っ」

声も掠《かす》れて、立ってもいられずに祐貴は路上に膝をついた。

「酷《ひど》いよかなちゃん！　何が足りないの!?　俺これ以上、どうしたらいいんだよ！　これ以上なんにも思いつかないよ……!!」

うずくまってしまいそうになりながら、祐貴が泣きじゃくる。

自分といる限り、自分のことを思っている限り、二度と現れないのだろうと思っていた祐貴がそこにいることに奏一は驚いた。

確かに祐貴はその子を隠しているのに、決して人に見せるまいと隠し続けた幼い子どもが、泣いている。

その祐貴をしまい込んだのは自分だと思ったから、奏一はもう再会するのは無理だと思い込んでいた。

無理をして背を張り続ける祐貴が、ずっと周囲ともきっと溶け込まずに過ごして、馴染《なじ》まない自分に疑問を持たないのも当たり前だから、奏一はその子を解き放ってやらなければならな

いと決めていた。

けれど奏一が閉じ込めてしまったと思っていた大切な祐貴が、ちゃんと目の前にいる。膝をついてもうできることがないから助けてと、泣いていた。

「……ごめん」

声を掛けながら、ゆっくりと奏一が祐貴に歩み寄る。

「ごめんね」

屈んで、できる精一杯の力で奏一は、祐貴に触れて祐貴を抱いた。

「小さな子ども、みたいだ」

「違う……俺はもう、少しも、ほんの少しも子どもなんかじゃ……っ」

「俺が覚えてる、十歳の祐貴くんだ」

ちゃんとは言葉をなせていない祐貴に、その祐貴に会えたことで安堵《あんど》している自分が酷くすまなくて、奏一が背中を摩《さす》る。

「俺は」

何故《なぜ》祐貴を離れなければと急いだのかという理由も、奏一ははっきりと自覚した。

「祐貴くんの子ども時代をたった十歳で俺が奪ったと思って、それが本当に怖かった」

泣きながら、意味がわからないというように祐貴が奏一を探す。

「祐貴くん、やっぱりずっと無理、してたよね」

「そんなことない」

声を掠れさせる祐貴の涙に、奏一は触れた。

「普通の同級生たちより、多分、祐貴くんはすごく大人で」

この涙は、祐貴には一体いつ以来の涙なのだろうと、奏一にはそれが切ない。

「でもそれは、お父さんを亡くしたことやお母さんの再婚や、お兄ちゃんになったことや、いろんなことがやっぱり……祐貴くんを無理に大人にしてたのに」

髪を何度も、奏一は撫でた。ずっと本当は、こんな風にしてやりたかったのだと、祐貴に触れてようやく思い知る。

「そんなに頑張ってる祐貴くんに、甘えるばっかりの自分が多分、俺は許せなくて」

祐貴への愛おしい気持ちが、触れることで胸に溢れて。

「祐貴くんに似合う人間になりたいなんて言って……俺の方は、八年前と何も変わらないまま祐貴くんを頼って。ずっと祐貴くんに大人のふりをさせてた」

「ふりなんじゃない」

注がれる言葉をわかろうとせず、祐貴は首を振った。

「大人の真似《まね》かな」

「真似でもないよ」

当の祐貴には、簡単に自覚できることではないのも、奏一にもわかる。

「長い長い無理を……させてた」

結局、以前祐貴が言ったように、奏一は十八歳のところから動けていなかった。あの夏から奏一だけが、何も変わらないで、歩みを進めないでいた。今度もまた、同じに祐貴から逃げようとしたくらいだ。

こんな自分のまま、八年間懸命に生きてきた祐貴の隣にいて、それに見合う人間に自分がなろうともしないでいることが一番辛かった。

「それが、いやだったんだ」

そんな自分が、無理に大人にしてしまった祐貴に甘え続けることが、奏一にはもう耐えられなかった。

「八年」

何度も奏一が、祐貴の髪や頬に触る。

「俺と会えなかったことなんかよりもっと、心細いことや不安なことや、寂しいことといっぱいあっただろ？　もう思い出でしかない俺とのことを支えにして、そうやって頑張って頑張って」

切なさが募《つの》って、祐貴の濡れた瞼《まぶた》に、奏一は路上なのにくちづけてしまった。

「それが祐貴くんをそんなに大人にしたんだろ？」

言い聞かせても、容易には祐貴は頷《うなず》かない。

「大人のふりなんかもうしなくていいんだよ。たくさん甘えて？」

手を取って奏一は、ようよう祐貴を立たせた。触れると何処《どこ》も、祐貴は冷え切っている。

「たくさん甘やかしたい」

歩かせてアパートのドアの鍵を、奏一は開けた。

「俺は、そんな風に頑張ってきた祐貴くんが……すごく、誇らしいから」

部屋の中に祐貴を入れて、内鍵を掛ける。

「ただ、大好きだから」

朝の光を奪われた玄関で、それでも目を見て告げると祐貴は、呆然と奏一を見ていた。

「もう」

怖《お》ず怖《お》ずと祐貴の手が、奏一の頬に触る。

「何処《どこ》にも行かないで」

強く抱きしめられて、その背を奏一は抱き返した。

「不安にさせて、ごめん」

言い終わらないうちに、奏一の唇が祐貴に塞がれる。

「ん……」

後先のことなど何も考えないキスを、奏一は受け入れた。

贖《あがな》いでも憐《あわ》れみでも慈愛でもなく、ただ祐貴を愛してその背を抱く。

靴も半端《はんぱ》に脱いで、祐貴は奏一の体を倒そうとした。

「祐貴くん冷えたから……お風呂、使ったら」

「全然、無理」

「じゃあ……せめてベッドに、行こう？」

お願いと、奏一から手を引いて奥の八畳間に祐貴を招き入れる。

手を伸ばして、奏一は祐貴の涙を拭った。

その手を摑んで祐貴が、奏一に深くくちづける。

「……っ……」

いつもの、ゆっくりと奏一の肌を開くような余裕は祐貴にはなくて、闇雲に口腔《こうこう》を貪《むさぼ》られる。

抱かれてくちづけられたまま、奏一はベッドに押し倒された。

ベッドに打った背が、少し痛い。

こんな程度の苦痛さえ、祐貴は自分に与えまいとしていつでも必死だったのだと、今更奏一が知る。

「……祐貴、くん」

服を剝《は》がれて、抱かれてくちづけられながら肌を探られて、やがて互いに裸になって、それでも何も怖くはなくて奏一は祐貴の名前を呼んだ。

「ん……っ」

衝動のように、祐貴が奏一の胸を舐《ねぶ》り強く吸う。

そんなところに感覚があることもこの間まで知らずにいた奏一は、腹の底から上がってくるような熱に今でも戸惑《とまど》うけれど、祐貴の髪をやわらかく抱いた。

祐貴の指が、奏一の下肢《かし》に掛かるのがわかった。

撫でられて同じように、奏一も祐貴に触れようと手を伸ばす。胸を舐られているので、指が届かない。

「……っ……、ん……っ」

舌が奏一の胸元を撫でてはそこに歯が立てられて、また濡らされた。下肢は指で絡《から》められて容赦なく愛撫されて、奏一は自分を見失わないように祐貴を抱いているのが精一杯だ。

「んあ……っ、祐貴……くん……、俺……っ」

もう堪えられないと言葉で祐貴に教えても、構わず祐貴が肌を探り続ける。

「あぁ……っ」

声を漏らして、奏一は祐貴の手を濡らしてしまった。

剝き出しの自分の腹も濡れて、息が整わない。

そのぬめりを指に取って、祐貴は奏一の足の付け根を撫でた。

「……っ……」

指を押し入れられて、奏一の指が祐貴の肩を搔《か》く。

「祐貴、くん……」

中を探られて奏一は、途切れ途切れ声を漏らした。

「俺……口で、しようか。祐貴くんの」

「……なんで、そんなこと言うの？　今まで一度も」

「いつも祐貴くんが全部してくれたけど」

不思議そうに目を覗《のぞ》き込んだ祐貴と、目が合ってなんとか奏一が微笑《ほほえ》む。

「俺だって、祐貴くんをちゃんと愛したいよ」

告げると、もう堪えずに祐貴は奏一にくちづけて指を奥に押し込んだ。

「……んっ……、んんっ」

肉を掻き分けられて、奏一が呻く。

「ごめんかなちゃん、俺もう我慢できない」

充分に解《ほぐ》していないことを気にしながら、祐貴は奏一の足を開かせた。

「もう何も」

入り口を祐貴の熱く高ぶったもので触られて、奏一は笑った。

「何も我慢なんかしなくていいんだよ」

告げると祐貴が、奏一を深く抱いた。

「んあ……っ」

いきなり奥まで入り込まれて、奏一が祐貴の背を更に強く抱く。

「かなちゃん……俺、無理だ。やさしくできない」

掻き抱《いだ》かれて、祐貴が耳元で喘《あえ》ぐのを聞いて、奏一はしがみつくようにではなく祐貴の背をひたすらに抱いた。

「祐貴、くん……、あ……んあっ」

体の中を行き来する祐貴の熱に押し流されてしまいそうになったけれど、祐貴の肌に大切に奏一が触れる。

「大丈夫、俺は」

けれど注がれる熱に何処まで正気でいられるのかは、段々と奏一も自信がなくなった。

「それでもずっと祐貴くんを、抱いてる」

だから大事なことを、今のうちに教えなくてはと奏一が声にする。

喘ぎに埋もれてしまう溶け合うような熱さの中で、祐貴に届いているのか今はわからなかったけれど、奏一は確かにそれを告げた。


夕方に近い光が西から差し込むのを瞼《まぶた》に感じて、奏一《そういち》は目が覚めた。

どんな風に祐貴と抱き合ったのか、最後の方はもう覚えていない。熱に飲み込まれて声が枯れるほど喘《あえ》いで、幼い祐貴を放すまいとしたけれどそれが叶《かな》ったのかわからない。

ただ、目覚めるといつもとは違う姿勢で、奏一は祐貴を抱えるようにしていた。背丈《せたけ》のある祐貴を、抱きしめて奏一は目が覚めた。

その腕の中でいつからそうしていたのか、祐貴はもう起きて奏一の肌に寄り添っている。

髪を撫でて、奏一は祐貴の額にゆっくりとくちづけた。

「なんだか」

されるままになりながら、ぼんやりと祐貴が口を開く。

「いつもよりかなちゃんが遠い」

不安そうに、小さく祐貴は呟いた。

「どうして遠いの?」

そんな祐貴の気持ちに変に触らないように静かに、奏一が尋ねる。

「大人に見える」

「……大人だからな」

不満げに言われて、奏一は苦笑した。

今まで足りていなかった分、奏一が繰り返し祐貴の髪を撫でる。

「大人だから」

キスも、奏一は約束のように繰り返した。

「祐貴くんのお願い、もうなんでも聞けるんだよ」

耳元にそう、悪戯《いたずら》っぽく囁く。

「なんでも？」

本当に子どものような顔で、祐貴は奏一を見た。

「そう、なんでも。言ってごらん？」

そんな祐貴の顔がおかしくて、愛おしくて、笑って奏一が祐貴の言葉を待つ。

じっと、祐貴は奏一を見ていた。まるで子どものころのように、帰らないでと必死に話し続けていた眠そうな少年のように、奏一を見た。

「ずっと」

ようやく漏れた声が、いつもより幼く奏一には聞こえる。

「そばにいて」

また涙が、祐貴の瞳の端に滲《にじ》んだ。

「もう二度と」

声が、僅《わず》かに歪む。

それを恥じて祐貴は俯くけれど、奏一は急《せ》かさずに続きを待った。

「会えないかなちゃんを探すのはいやだ」

願いを届けたら心細さを思い出したのか、祐貴が唇を嚙み締める。

その唇に触って、奏一は嚙むのをやめさせた。

「約束する」

泣いてもいいよと、瞳を合わせる。

「もう二度と、祐貴くんにそんな思いさせない」

額と額を合わせて、奏一は強く約束した。

「それが叶えられる人間に、必ず俺は、なるよ」

自分に言い聞かせた言葉は、どうしても重くなる。

けれどその重い約束に充分見合うほど、祐貴は奏一には大切な恋人だ。

そうして、祐貴にどんな思いをずっとさせていたのかを改めて知って、奏一は一つの気掛かりが残っていることを思い出した。

「一緒に、行って欲しいところがあるんだけど」

体は奏一も楽ではなかったが、祐貴にそう願い出る。

不思議そうな顔をした祐貴に、「遠くじゃないよ」と、奏一は笑った。


青く澄んだ空に、満開の桜が水に散るかのように花を咲かせていた。

夕方がすぐそこまで来ているけれど、まだ日は充分に高く、この一時期だけ町の色を染め変える桜に誘われて人の足も多い。

近づかないようにしていた公園に、奏一は祐貴を連れて足を踏み入れた。

遠目にも、何度かリコーダーに合わせて歌を歌っていたベンチに、巴《ともえ》が一人で座っているのが見える。

探すより先に巴はすぐに奏一を見つけたようで、彼女がずっと、そうして自分を待っていたことがよくわかった。

歌っていたときとは違って、たくさんの人で賑《にぎ》わう公園の巴のいるベンチに、奏一は祐貴の手を誘導するように引きながら向かった。

「ここ、座ってもいい？」

一度は自分を見たものの、もう酷《ひど》く腹立たしげな顔をしてそっぽを向いている巴の隣に、奏一が苦笑して腰を下ろす。

訳も語らずに連れて来た祐貴だけれど、巴が奏一が話していた少女だということは一目で理解して、奏一の隣にそっと座った。

「なんだか、君に会えるような気がしてた。君が僕を、待ってる気がしてたんだ。なのに今まで来なくて、ごめんね」

「わたしを先生と呼ぶのはやめたの？」

謝った奏一に、巴がすかさず憎まれ口をきく。

「うん。もう、生徒じゃないから」

笑って根気よく待っても、巴は奏一を見ようとはしなかった。

「謝りたかったんだ」

「わたしのところに戻って来るつもりになった？」

「僕はもともと、君のものじゃない。それをちゃんと言わないまま歌を習って、本当にごめんなさい」

丁寧に、奏一が巴に頭を下げる。

「それに、この間は……その場しのぎの嘘を吐《つ》いたんだ。あの人は僕の恋人なんかじゃない」

言葉を重ねる奏一に、段々と巴が顔を上げる。

完全に彼女が自分を見るのを、奏一は待った。

やっと、巴と目が合って、巴が奏一の肩越しに祐貴を見つけるのがわかる。

「彼が、僕の好きな人です。僕の大切な人。これからを僕と一緒に、生きてくれる人。祐貴くんっていうんだ」

「……こんにちは、はじめまして。祐貴です」

紹介された言葉を面映《おもは》ゆそうに聞きながら、祐貴はきちんと巴に挨拶《あいさつ》をした。

「僕は君のパバロッティには、なれない」

じっと祐貴を見ている巴に、奏一が教える。

「もう僕を待たないで。僕を探さないで。僕はずっと彼といるから」

これからを彼女がどんな風に過ごさなければいけないのかを、言葉を尽くして奏一は伝えた。

「君にはきっと、君の運命の人が、必ず現れるから」

どうかそれを疑わずに待って欲しいと、奏一が巴に告げる。

大きくて聡明そうな美しい瞳が、奏一を真っ直ぐに捉えた。

「……この間泣いたのは」

声を上げて子どもらしく泣いた自分を恥じて、忌々《いまいま》しげに巴が呟く。

「あなたが嘘を吐《つ》いて子どもみたいにわたしを騙《だま》そうとしたのが、悔しかったからよ」

「そうだね。本当に悪かった」

「あなたがその嘘のために、好きでもない男とキスしたのが本当に腹立たしかったのよ」

言い足りないと巴は、奏一の声に声を被《かぶ》せた。

「……キス?」

奏一の隣で祐貴が単語を反復したが、今は奏一も巴から目を離すわけには行かない。

「凡庸《ぼんよう》そうな男を選んだものね」

出会ったころのような言い方にすっかり戻って、巴は祐貴を眺めて呆れ返った声を聞かせた。

「でも峰崎俊司《みねざきしゅんじ》よりは百億倍マシだわ。凡庸な幸せを手に入れなさいな」

清々したと言いたげに、巴が立ち上がり伸びをする。

「ありがとう。そうするよ」

立ち去るのだろう巴を、奏一は見送った。

「さようなら」

大事な言葉を、奏一が巴に渡す。

「さようなら」

同じ言葉で、巴はそれを受け取ったことを教えた。

「あの！」

歩き出した巴を、祐貴が呼び止める。

「かなちゃんは俺が、必ず幸せにするから‼」

思わず張った声に公園の何人かはベンチを振り返ったが、誰にもちゃんとは意味はわからない。

「誰よ。かなちゃんって」

肩を竦《すく》めて、もう彼女自身の未来へと、巴は振り返らずに歩いて行った。

頼もしく安堵《あんど》して、後ろ姿が見えなくなるまで奏一が黙って見送る。

「……祐貴くん」

同じようにもういなくなってしまった巴の背を追っている祐貴に、奏一は笑った。

「大丈夫。そんな約束しなくても、俺は充分幸せだし」

振り返った祐貴と、顔を見合わせる。

「俺も、祐貴くんを幸せにする」

小さな声だったけれど、奏一ははっきりと祐貴に告げた。

何か、見知らぬ人を見るように祐貴は、いつまでも奏一を見ている。随分長い時間、祐貴はそうして奏一を見つめていた。

「もうさすがに懲りたけど、小さなお友達一人なくしちゃったな」

長くそうして自分を見ている祐貴に、奏一が戯《ふざ》ける。

「まあ、俺元々友達少ないし。だから俺に言えることじゃないんだけど、祐貴くんの世界に今俺と幹本《みきもと》教授くらいしかいないのはちょっともったいないと思うんだ。これは、普通にもったいない」

「どうしたの？　急に」

「そこから不安が始まったなって、思って」

まだそんなことを言うのかというように訊いた祐貴に、奏一が今回の混乱の本題ではないけれど発露になったことを思い出した。

「同期にも、友達作りなよ。俺は祐貴くんの望むときにはいつでも祐貴くんのそばにいるんだから。もっと人と関わりな？」

俺に言われたくないか、と笑った奏一に答えないまま、祐貴がまだ奏一を見ている。

心のうちで祐貴には、今別れた者がいたのだけれど、奏一は気づかないでいた。

「ねえ、かなちゃん」

少し心細い声で、祐貴が奏一を呼ぶ。

「俺、本当はかなちゃんと再会してからも時々、十歳の夏のことを思い出してた」

初めて祐貴は、そのことを奏一に打ち明けた。

「やっぱりあのときのことは特別で、十歳だった俺は毎晩かなちゃんが待ち遠しくて、かなちゃんがいる時間が幸せで、少しでも起きていたくて、幸せで幸せで」

胸に帰る夏の日々のことを、綴《つづ》る祐貴の幼さが奏一には切ない。

「俺はもしかしたら今日まで」

俯いて祐貴は、奏一の肩に額を乗せた。

「あのときより自分が幸せになれる日が来るなんて……思いもしなかったのかもしれない」

ごめん、と、呟いた声が僅《わず》かに泣く。

それは一瞬のことで、祐貴はすぐに顔を上げて、泣いている素振りなど見せなかった。

「俺も」

手を繋ぎたいと奏一は思ったけれど、満開の桜に囲まれた公園には人が多過ぎる。

「こんな風に誰かをちゃんと自分が愛せることも……大人になれるかもしれないことも、まるで知らないで生きてたよ」

目を合わせず、奏一と祐貴は同じ方向を見た。

「ありがとう」

同じ方向を向いて、奏一が祐貴に呟く。

嚙み締めるように、祐貴は奏一の声を聞いていた。

「ううん。ありがとうは俺の台詞《セリフ》だよ。ところで、ねえかなちゃん」

不意に、祐貴の声が大きく雰囲気を変えた。

幼くもなく、神妙でもなく、明るくも暗くもなく、祐貴が奏一を呼ぶ。

「好きでもない男とのキスって、なんのことかな」

嫌な予感しかしなかった奏一に、真っ直ぐに祐貴は尋ねた。

「やっぱりそこ、来たか」

流してくれないものかと一縷《いちる》の望みを掛けていた奏一は、さてどうしたものかと祐貴を振り返れない。

「行くよね。無理だよね。どんなにいい雰囲気でも、それは流せない話だよね」

少し奏一は、祐貴の方に体を寄せた。

「夕飯、何か祐貴くんの好きなもの作るよ。泊まっていきな？　今日は、本当に好きな人とたくさん一緒にいたいな」

凍った笑顔で、「ハンバーグかな」と奏一がなんとかこの話からだけは逃げようとする。

「それで俺がごまかせると思った？」

人目も気にせず、祐貴は強く奏一の肩を抱いた。

「言っとくけどかなちゃん、俺、普段かなり我慢してるんだよ。さっきだってね……かなちゃんしんどくないように、あれでも全力で自分抑えたつもり」

「……あれで？」

耳元で囁《ささや》かれて、奏一が青ざめる。

「夜はもう全然我慢しないから、覚悟して。俺今、本気で嫉妬に狂ってる」

限界まで耳に唇を近づけて宣言すると、祐貴は奏一を放した。

自棄《やけ》になって、奏一もそこは投げやりになる。

「好きになさい」

恋人の我慢を甘く見た言葉を夜にどれだけ後悔するかを、奏一は知らずにいた。

どれだけ祐貴が今まで自分を抑えて思いを堪えていたのかを、もうわかったつもりでいた奏一は、それを晩にちゃんと思い知ることになる。

まだ奏一は、祐貴の愛を本当には知らない。

思い知る夜にどんなに泣いても、祐貴の手を放すことを奏一はもう決してしないけれど。

散り初めの桜が祐貴の髪に落ちるのを、穏やかに笑って奏一は指先に取った。

# 小さな僕の夏のこと

何もかもが、十歳だった祐貴《ゆうき》には突然の出来事だった。

明るく元気だった父親が病に倒れて、瞬《また》く間に亡くなってしまった。手狭なところに引っ越さなくてはならなくなり多くはない荷物とともに海の近くのアパートに移って、今まで夕飯のときにいないことなどなかった母親は、夜の勤めを始めた。

どんな仕事をしているのか母親は語らなかったけれど、祐貴にもそれはわかっていた。

やさしく快活な母親がそんな仕事をして見たこともないほど荒れていくのにも、夜ほとんど母親がいないことにも、慣れる時間さえなかった。

「……それで、今日俺、いじめっ子からクラスの女の子助けたんだよ！」

そんな時間の中に、まるで魔法のように夢のように、毎晩美しい青年が現れるようになった。

美しい青年は美しい声で、祐貴が望めば歌を歌って背中を叩いてくれた。

「すごいね。偉いね、祐貴くん」

青年は、もう誰にも話すことのできなくなった祐貴の学校での出来事を、きれいに敷いてくれた布団に入った祐貴に寄り添いながら笑って聞いてくれた。

「かっこよくて、その女の子きっと、祐貴くんのことが好きになっちゃうね。かわいい子なの？」

そして青年は、祐貴の欲しい言葉をくれて、傍《かたわ》らに横たわりながら惜しみなく頭を撫でてくれることもある。

誰にも見せられないくらい青年に甘えているその時間が、祐貴には一日の中で一番幸せなときだった。

「別にかわいくないよ」

「そんなこと言ったら駄目だよ。だって俺がその女の子なら、祐貴くんが大好きになるから。もし大好きだって言われたら、そんなこと言っちゃ絶対に駄目だからね」

やわらかい声で青年が、祐貴を咎《とが》めることもある。

大抵のことは祐貴は、素直に「うん」と頷いた。青年に言われたらなんでもその通りにしただろうし、どんなことを乞われても絶対に自分はそうすると思えた。

「いやだよ」

けれどそのときだけ、祐貴は青年に否《いな》と、何故《なぜ》だか言ってしまった。

「どうして？　そしたらその女の子、きっと泣いちゃうよ」

「だって本当にかわいくないし」

困ったように言葉を重ねた青年に、頷《うなず》けない理由は祐貴にもわからない。

二つの感情に、今、酷《ひど》く自分が揺れていることには気づいた。

一つは、青年が「自分がその女の子なら祐貴のことが大好きになる」と言ったことだ。だったら何処《どこ》かで、青年を助けられる場面に遭遇《そうぐう》しないだろうかと高揚《こうよう》した。そんな状況に青年が陥ることを想像する自分を、傍らでは恥じもしたけれど。

もう一つは、青年がすぐに、その女の子に応えてあげなさいと自分に願ったことだった。

高揚したばかりの気持ちが驚くほど一瞬で、深く落ち込んだ。初めて、青年に対して憤《いきどお》りさえ覚えた。

どうして彼はそんな見も知らぬ女の子の肩を持って、見も知らぬ女の子に応えるようなことをさせたいのだと、酷《ひど》く悲しくなった。

「余計なこと言ったかな。ごめん、そういうの恥ずかしい年頃だよね。忘れて。明日その子に会ったときに、俺が言ったこと思い出して冷たくしたりしないであげてね」

青年が紡《つむ》ぐ言葉の意味は、祐貴にはちゃんとはわからない。

「お願いだよ。約束してね」

それでも、青年の言う通り明日その女の子にやさしくできる自信は、もう祐貴にはなかった。その女の子が自分をこんなにも悲しい目に遭わせているのかもしれないとさえ、思い込んだ。

「かなちゃんはお友達の話しないね」

何がこんなに悲しいのだろうと惑《まど》いながら、祐貴は布団に入ったまま横を向いて青年の目を見つめて聞いた。

首を傾けて、少し寂しそうに笑う青年はいつにも増してきれいだ。

「俺は祐貴くんの話を聞いてるのが楽しいんだ。もっと、祐貴くんの学校の話を聞かせて？」

そんな風に乞《こ》うてくれる青年は、小学校にいるどの女の子よりもきれいだと祐貴は思った。

男子の間で人気のある女子を一人一人思い出してみたけれど、青年のように祐貴の心の奥にある何かを突き動かす者は一人も思い浮かばない。

「俺、今日音楽で歌、褒《ほ》められたんだよ」

町で見かける短いスカートを履《は》いた女性、テレビで見る芸能人、知っているアイドルまで隈《くま》無《な》く祐貴は頭の中に浮かべた。

何か、必死だった。

目の前の青年より心を動かされる美しさを持っている者を、自分が一人も知らないことに焦りを覚えていた。

「へえ、褒められたんだ。嬉しいな。何を歌ったの？」

青年は祐貴より、八つも年上の大人の大学生だ。そして青年は、当たり前だけれど女ではない。

こんな感情を持っても自分が青年を得られる可能性がないことぐらいは、祐貴がどんなに幼くても考えるまでもなくわかる。

「浜辺の歌」

決して、青年を自分一人のものにできる日など来ないのだと突然理解したら、祐貴は泣き出してしまいそうになった。

「それも嬉しいな。一緒に歌おうか」

笑う青年に、泣き顔など見せるわけにはいかない。

最初に青年には、あまりにも子どもっぽい姿を見せた。これ以上子どもだと思われたくない。

青年と対等な大人に、一刻も早く祐貴はなりたい。

「うん。歌う」

「歌ったら、寝るんだよ。明日も早いんだから」

いつもならこの辺で眠くなる祐貴なのに、この晩はいつまでも眠気が訪れなかった。

青年が女の子の話をしたせいで、彼への抑えられない執着《しゅうちゃく》に気づいてしまったからだとまでは、祐貴にはわからない。

そして青年は自分の手には収まらないと知った絶望が、祐貴にはあまりにも大きかった。

「あした浜辺を、さまよえば。昔のことぞ、偲《しの》ばるる」

声を揃えて、二人で歌う。

本当は祐貴は、自分は歌わないで青年の歌を聴いていたい。

「風の音よ、雲のさまよ。寄する波も、貝の色も」

壁の薄いアパートなので青年は周囲を気にして、小さな声で歌った。

歌ったら寝るんだよと言った青年は、疲れているのか、珍しく祐貴が眠るのを見届ける前に寝入ってしまった。

こんなことは、初めてだった。

いつでも祐貴は青年を引き留めたくて、眠りたくなくて、一生懸命青年に質問をしているうちに結局はいつの間にか寝てしまっていた。

毎日、今日こそはずっと起きていると誓い、学校でも青年への質問を考えては書き留めたりまでしていたけれど、毎朝祐貴は起きるとすぐに、また眠ってしまったのだと青年を探した。

不思議に、夜青年がやってくる以外の時間はお互いに訪ね合わないことが、暗黙のルールにもなっていた。

「……かなちゃん」

起こしてやらなければならないことは、祐貴にもわかっている。

起こして隣の部屋に帰してやらなければならない。夏だけれど青年に何も掛けていないし、まだ眠る支度もしていない。

けれどほんの少しと、祐貴はそれ以上声を掛けずに青年の眠っている顔を見つめていた。

白い肌をした横顔に、色の薄いきれいな髪が掛かっていた。閉じられた瞼《まぶた》が青く、睫《まつげ》が作る影が濃い。

誰よりもきれいだ。

誰よりも祐貴は青年が欲しい。

誰よりも祐貴は青年が、好きだ。

こんなにも彼が好きなのに、その願いが叶《かな》う未来はまるで想像がつかない。

起き上がってそっと、祐貴は指先で青年の髪に触れた。青年が目覚める気配がないので、白い頬に恐る恐る触れた。

どうして自分がそんなことをしているのか、わからなかった。

触れているのは衝動だった。祐貴を突き動かしているのはまだ完全には目覚めていない、他人を愛するという気持ちだけれど、そのことに祐貴は気づけない。

「かな、ちゃん」

そっと呼びかけても、青年はなお深く眠っていた。

よせと自分を咎《とが》める声も聞こえたのに、体を屈めて青年の顔に顔を近づけた。吐息を近くで感じたら、堪えられなくて祐貴は青年の唇に、一瞬だけ唇を重ねた。

「ん……」

触れた感触にか少しだけ青年の喉《のど》から声が漏れて、慌てて離れる。

込み上げるような幸せと大きな罪の意識に、祐貴は体を丸めた。青年が愛しくて愛しくて、起こす踏ん切りがいつまでもつかなかった。

けれど母親が仕事から帰ってくる前に起こさなければ、この大事な秘密が見つかって、明日から青年の訪れがなくなってしまうかもしれない。

それでも、あと少しほんの少しだけと、祐貴は青年の顔を見ていた。

寝顔を見るのは初めてだ。

そしてきっと、もう永遠に見られないのかもしれないとも気づく。

泣くわけにはいかない。泣いたら青年を起こせない。

いつか青年が誰かの特別な存在になってしまうのだろうことは間違いのないことで、きつく祐貴は唇を噛み締めた。

そんな日が来ても、きっとずっと自分は青年が一番に好きで一番に特別なのだろうと、祐貴は強く唇を噛んだ。


また青年のきれいな瞼《まぶた》を眺める日が来るなんて思いもしなかったと、懐かしい夢で目覚めた祐貴《ゆうき》は、朝日の中にいる奏一《そういち》を抱きながらその顔をただ眺めていた。

我ながら相当気が長いと、大学の学校見学で奏一を見つけた日のことを思い出す。

そこから受験勉強に専念して、大学に入学しても自然なことのように知り合える機会を窺《うかが》って、声を掛けるのを我慢し続けた。

本当はすぐに、「かなちゃん俺だよ。祐貴だよ」と言いたいのをずっと我慢していた。

そう言えば奏一はすぐに打ち解けてくれるだろうとは思ったけれど、もしそうやって近づけば、奏一はもう十歳の少年としてしか自分を見てくれなくなるのがわかっていたので耐えていた。

用意周到だったとは、祐貴は思わない。

そうやって慎重に腕の中に囚《とら》えたつもりでいたのに、それでも奏一はやはり祐貴がかつて子どもであったことに耐えられなくなって、逃げ出そうともしたのだから。

これからもこのことは、もしかしたら自分たちの間に残り続けることなのかもしれないと思うと祐貴は不安だったが、奏一を抱いているのをあきらめないでいるしかない。

思春期を迎えて同級生たちが持つ恋愛感情に触れて、祐貴がはっきりと奏一への思いを自覚するのに時間は掛からなかった。

あきらめきれない初恋の人と再会してからも、祐貴はどうしたら奏一に相手にしてもらえるのか、必死だった。

この間奏一は、祐貴に友達を作れと言っていた。もっと人と関われと、それは奏一の様子がおかしくなり始めたころから言われていたと今、気づく。

桜の下でそれを乞われたときに、祐貴は返事さえしなかった。

奏一がいたら祐貴には何もいらないことがわからない恋人を、不思議な気持ちで見ていただけだ。

誰も、何も祐貴には意味を持たない。奏一が唯一無二の全てだ。

「……ん、おはよう。祐貴くん」

無意識に髪を撫でていた祐貴の手に気づいたのか、奏一が目を覚ます。

奏一の住むこのアパートに居着くようになって初めて祐貴は知ったけれど、奏一は朝が弱い。完全に目覚めて動き出すまで、いつも時間が掛かった。

「おはよう」

声が掠《かす》れている奏一に、祐貴がくすりと笑う。

昨日の夜祐貴の腕の中で、奏一は泣いて喘《あえ》いで、だから声が枯れている。

段々と目が覚めてきたのか、桜も完全に散った陽気の匂う部屋で、奏一は不意に珍しく祐貴を睨《にら》んだ。

「何」

「……もうちょっと加減してくれないと、俺、もたないよ」

恥ずかしそうに奏一は、もう覚えてもいないのだろう昨夜の祐貴を咎《とが》める。

「いつも加減してるよ。今日はかなちゃんも俺も休みだってわかってたから、ちょっと酷《ひど》くしちゃったけど。ごめんね」

責めている奏一の瞼にくちづけて、祐貴は笑った。

「でも、かなちゃん気持ちよさそうだったよ」

「生意気な口きくなって、言ってるだろ」

揶揄《からか》うと奏一が怒って、俯いてしまう。

「覚えてないの？　思い出させてあげようか」

「もう、無理だよ」

抱きしめて耳元に囁いた祐貴を、奏一は押し返そうとした。

冗談のつもりが、夢を見たせいでもともと祐貴の体に熱が籠《こ》もっていて、触れ合ったらそのまま奏一を放せなくなる。

「……駄目だよ、祐貴くん。起きようよ、朝からこんな……、ん……っ」

肌を撫でて唇でそのまま耳元を舐《ねぶ》ると、奏一は身悶《みもだ》えて声を途切れさせた。

「どうしたの……？　祐貴くん……昨日、いっぱいしたのに……」

もう戻れないほど既に祐貴の肌が火照《ほて》っていることに気づいて、奏一もその波に飲まれながらそれでも抗《あらが》っては見せる。

「や……、あ……っ」

情交の名残の疼《うず》く肌を探られて、奏一は無防備に声を上げた。

「懐かしい夢、見たんだ」

肌という肌を愛することをやめないまま、祐貴が求めてしまうわけを教える。

「どんな……夢？」

十歳の夏に、初めてのくちづけを眠っている奏一と交わしてしまったことを、教えようかどうしようか祐貴は迷った。

あのときにはもう、祐貴はすべがあるのなら奏一をこうして自分のものにしたかった。

あの夏にはもう、祐貴は家族でも友人でもない人を、愛し始めていた。

「……祐貴くん？」

答えを待っている奏一の唇に、祐貴が唇を、合わせる。

深まらず、少年のときのように触れるだけのキスを、祐貴は施《ほどこ》した。

「いつか」

不思議そうに自分を見ている奏一に、祐貴が笑う。

「もうかなちゃんのそばで死ねるかなって思ったら、言うね」

「何縁起《えんぎ》でもないこと言ってるんだよ」

意味がわからずに、首を傾《かし》げた奏一の肌をまた、祐貴は撫でた。

体温を擦《こす》り合わせると、奏一は声を上げまいとしてそのことに気を囚《とら》われる。

十歳の自分がもうはっきりとそんな風に青年を思い、くちづけまでしたと知れば、奏一はまた取り乱すかもしれない。

子どもが独りでにそんな思いを抱くわけがない、自分が何かしてはならないことをしたのだと、奏一はまた自分を責めるかもしれない。

「……かなちゃん」

唇を噛み締めて返事もできない奏一の名前を、祐貴は綴《つづ》った。

声を堪えている奏一はきっと、十歳の少年でも他人を愛せるのだとはまだ本当にはわかっていない。

自分が早熟過ぎたとも、祐貴は思っていなかった。自覚が早かっただけで、特別なのはその初めて愛した人が、今自分の腕の中にいるということの方だ。

「かなちゃん」

二度とその人に呼びかけることはできないだろうと思っていた名前を、奏一の耳元で祐貴は囁《ささや》いた。

吐息を漏らして背にしがみつく人は、間違いなくあの夏に愛した人で、間違いなく祐貴の恋人になってくれた。

全てが夢なのかと、祐貴は今でも怖くなることがある。

抱き合えている奇跡に、触れ合う度にまだ祐貴は震える。

壊してしまわないように自分を堪えても、限度を超えてしまう夜もある。

大事に、大事にして。

いつか恋人のそばでもう命を終えられるという奇跡がまた得られたなら、そのとき初めての口づけのことは明かそうと決めて、祐貴は奏一を抱きしめた。

# あとがき

AFTERWORD

—菅野彰—


何よりもまず最初に言わなければならないことがあります。

もし卵の殻《から》からダシを取ってインスタントラーメンを作りたくなったら、絶対に殻をとことん洗ってください。卵の殻は危険なのだ。

私はこれを作りますが、卵は念入りに洗います。なるべくやらない方向でひとつお願い。

ディアプラス文庫から本当にお久しぶりの、菅野彰です。昨日、この前の作品はいつだろうと確認してびっくりしました。

みなさま私を覚えてらっしゃるでしょうか。忘れていたら今から覚えてください。

この物語は、ただただ楽しく書きました。祐貴と奏一は、私の普段のテイストからすると少し傾向の違う二人かもしれません。年下攻を、とても楽しく書きました。私の中で大流行中です。年下攻。

そして歌を聴くのが好きなので、唱歌を聴いたりしながらそこも楽しかったです。

一本目後の翌朝浜辺デートは、雑誌掲載時の全員サービスペーパーで書きました。そしてこの本の読後感がもし何かあるならばそれを目茶苦茶にするだろう短篇も、一部書店では特典として付いているかと思うのですがそれはもうただただ楽しく書きました。もっと書きたい。

「指を引いて」では、幹本《みきもと》を出せなかったのが心残りです。

私は普段、あまり登場人物に激しく自分を投影することはない方かなと思います。共感できない人物でも楽しく書いてます。

しかし今回もしかしたら初めて、一部自己投影しつつ自分が言いたい台詞《セリフ》を言わせた人物がいて、そういうものを書くのは意外にもとても楽しいと知りました。

言いたくはありませんが、峰崎俊司《みねざきしゅんじ》です。「檻《おり》を作っておまえを閉じ込めて」の辺りですが。

担当のIさん、ディアプラス文庫では随分お久しぶりのお仕事になりました。子ども一人中学受験するくらいの時間が経《た》っているのに（しかも産んでない）、また本にしてくださってありがとうございます。これからもよろしくお願いします。

木下けい子先生のカバーラフ候補は、どちらも素敵でどちらも見たくて、完全にお任せしました。本になってから見るのがとても楽しみです。本当にありがとうございました。

最後まで読んでくださったみなさまには、ただひたすらありがたいです。

楽しんでいただけたなら、なお幸いです。

また次の本で、お会いできること願っております。

冬は寒いよ／菅野彰

この本を読んでのご意見、ご感想などをお寄せください。
菅野 彰先生・木下けい子先生へのはげましのおたよりもお待ちしております。

〒113-0024　東京都文京区西片2-19-18　新書館
[編集部へのご意見・ご感想] ディアプラス編集部「小さな君の、腕に抱かれて」係
[先生方へのおたより] ディアプラス編集部気付　○○先生


-初出-
小さな君の、腕に抱かれて：小説DEAR+ 2015年フユ号（Vol.56）
小さな君の、指を引いて：書き下ろし
小さな僕の夏のこと：書き下ろし



[ちいさなきみの、うでにだかれて]

**小さな君の、腕に抱かれて**

著者：**菅野 彰** すがの・あきら

初版発行：2016年1月25日

発行所：株式会社 新書館
[編集] 〒113-0024
東京都文京区西片2-19-18　電話（03）3811-2631
[営業] 〒174-0043
東京都板橋区坂下1-22-14　電話（03）5970-3840
[URL] http://www.shinshokan.co.jp/

印刷・製本：株式会社光邦

ISBN978-4-403-52395-3 ©Akira SUGANO 2016 Printed in Japan